Tierisch-Menschliches

FSC
www.fsc.org
MIX
Papier aus ver-
antwortungsvollen
Quellen
Paper from
responsible sources
FSC® C105338

Herstellung und Verlag: BoD - Books on Demand, Norderstedt
ISBN 978-3-7519-8826-1

Tierisch-Menschliches

Ein Pferd ganz ungeniert,
soll heißen,
auf den Gleisen,
einer Dampflok entgegen galoppiert.
Die Lock nicht faul,
bremst, und kommt zum Stehen,
direkt vor des Gaules Maul.
Glück gehabt der Rappe denkt,
ich hätt ihm sonst das Blech verrenkt.

Gemeine Welt
Ein Schokoladeneis will's Häschen haben,
doch Mama sagt,
da musst Du Papa fragen.
Das Problem, es ist vertagt.
Ein Schokoladeneis will's Häschen haben,
doch Papa sagt,
da musst Du Mama fragen.
Das Häschen ist verzagt.
Ein Schokoladeneis will's Häschen haben,
doch Großmutter sagt,
da musst Du Großvater fragen.
Was an des Häschens Nerven nagt.
Ein Schokoladeneis will's Häschen haben,
und Großvater fragt:
Wirst Du das denn auch vertragen?
Da hat´s freudig ja gesagt.
Aber keins bekommen!

Ein Hase einst im Meer rum schwamm,
in der Tasche einen Kamm.
Den braucht er für den Fall, dass ein Igel ihm
begegnet,
oder wenn es regnet.
Denn wer schön ist, ist ein König.
Was nur wenig.
Viel schöner ist der Kaiser.
Das weiß er.
Drum trägt er im Löffel ein Tattoo
und im Schwanz ein Piercing noch dazu.
Schwer ist´s, so zu schwimmen,
dass Tattoo und Piercing, an des Igels Auge dringen.

Ein Hase schwingt von Baum zu Baum,
man glaubt es kaum.
Und er denkt, die Welt, sie sei verhext,
weil da oben keine Möhre wächst.
Drum gilt sein ganzes Streben,
diese Welt dem Zauber zu entheben,
was ihm auch gelingt,
weil er fleißig weiter schwingt
und so tut,
als sei er, des Adler Brut.

Ein Hase der Logistik,
ging in sich, lang und wichtig.
In der Erleuchtung, so dachte er,
Gäb es nicht so viel Verkehr
auf weiter Flur,
statt dessen, die reine Liebe nur.
Statt der ständigen Huperei, himmlische Gesänge
und kein Gedränge.
Das hellste Licht
ohne diese seine Gicht.
Orgasmen ohne Unterlass
statt seines Weibes Hass.
Nun sitzt er immer noch
In seinem Loch
und denkt,
dass Gott ihm die Erleuchtung schenkt.

.**Ein Hase hat vor Schreck beinah,**
als er sich im Spiegel sah,
so ganz nackt,
sich völlig eingekackt.
Drum hat er unumwunden
Seine Augen schnell verbunden.
Und hoppelt nun seit dem,
was recht unbequem,
in seiner dunklen Welt herum.
Womit sich ihm beweist,
in den Spiegel schauen ist recht dumm
und dreist.

Die Frau des Hasen

überdrüssig seiner dunklen Welt
sich fest an ihrem Spiegel hält,
den sie jeden Tag befragt
und der ihr immer wieder sagt,
so schön wie sie zurecht gemacht
sei sie eine wahre Pracht
und erschaffe damit eine riesengroße Resonanz
zum Heiner, Otto, Dieter, Ludwig, Ede, Wolfgang,
Frieder, Leo, Erwin und zum Franz.

Ein Igel klein

und blind.
Das Fräulein Fein
ihn find.
Und setzt ihn rein in eine Kist
Woraufhin er fleißig frisst.
Die Moral von der Geschicht,
Das hat mit Zufall nichts zu tun.
Denn das Glück gilt nicht allein dem blinden Huhn.

Ein Igel auf seinem Teppich schwebte,
den er webte,
falls der Hase käme
und ihn nähme.
Derweil der Hase zu einem Psychologen ging,
weil er in den Seilen hing.
Er wäre gern zu zweit,
doch der Igel wäre weit
entfernt,
und heißt Bernd.
Der Psychotyp saß stumm ihm gegenüber.
Es kam nichts rüber.
Links nach schräg,
ja der Hase ist nicht blöd,
praktizierte eine Frau,
die wusste ganz genau,
was der Hase braucht.
Worauf hin
sein Kopf ihm raucht.
Der Wurm ist drin.
Der Hase nun zum Guru geht,
bis er völlig umgedreht
nach Indien reist.
Wodurch sich schnell beweist,
was nutzt der ganze Psychologen scheiß,
es genügt,
obgleich es nicht vergnügt,
täglich eine Schale Reis.
Und wenn seine Stimmung fiel,
na und, der Weg war das Ziel.

Der Hase schnell sich fast im Himmel wähnte,
seine Seele furchtbar gähnte,
da sagte ihm der Meister,
er, der Hase benutze ihn als Kleister,
er müsse unter Leuten
und zu einem Therapeuten.
Also dreht er noch eine Schleife,
damit er weiter reife,
bis er brillant
und gut bekannt
glaubt, dass er den Igel doch erobert.
Doch inzwischen liegt der
am Meer
ganz läppisch
auf seinem Teppich
mit dem Robert.

Ein Häslein klein und fein
Trank von dem roten Wein.
Und alsbald, fehlt ihm der Halt.
Kaum zu glauben denkt das Häslein,
und schenkt mehr noch ein.
Und Bald hernach
verschlägt`s ihm gar die Sprach.
Nun will es wissen, was der Rote noch so schafft,
bis es vollends nichts mehr rafft.
Obgleich ihm, der Rote jetzt bekannt,
will es doch erforschen, wo es sich befand,
in dieser dunklen Zeit.
Drum steht das Stöfflein immerzu bereit.

Die Frau des Hasen,
die ihn verlassen,
will sich einen neuen fassen.
Sie servt im Internet
und schreibt adrett,
die Liebe sei für sie ganz wichtig.
Und folgerichtig,
es hakelt Mails, mehr als tausend.
Nicht alle sind berauschend,
hier und da sind´s gar zu schön,
handeln von der Liebe Höhen.
Nun schreiben´s hin
und schreiben´s her,
mal ist ein Treffen drin,
mal etwas mehr.
Doch der Verdruss,
er lässt nicht lange auf sich warten,
denn was fehlt, ist der Genuss
bei dem Spiel mit solchen Karten.
Die Frage, wer hat Recht
bei dem, was Liebe ist, entfacht ein Wortgefecht.
Und dieses Spiel, es dauert an,
bis zum fünften Mann.
Ihr wird´s zu viel!
Die Moral von der Geschicht,
Schreib, was Du von ihm willst,
nur von der Liebe nicht.

Ein Hase einst den Stift entdeckt,
was sogleich seinen Geist erweckt.
Er setzt sich hin und fängt das Schreiben an,
das - so denkt er- nicht so schwer sein kann.
In seinen Phantasien,
liegt vor ihm, die Welt schon auf den Knien,
hat die Menschheit erst entdeckt,
was so alles in ihm steckt.
Vor allem, will er es dem Igel zeigen,
der wird fortan, ihn nicht mehr meiden.
Der erste Satz gelingt auch gut.
Doch dann, er verliert den Mut.
Auf Fülle, passt eben nur Gülle, Hülle oder Tülle.
Und auf Liebe, nur Hiebe, Kriege oder Triebe.
Und das eben, liegt immer daneben.
In seiner Not,
kocht er sich,
einen Tee,
so ein Fruchtgemisch,
und isst ein Marmeladebrot.
Da kommt ihm die Idee,
er will doch lieber Maler sein,
und lädt schon mal -per Internet- den Igel ein,
zu seiner ersten Vernissage,
ins Kaffee De Hommage.
Sogleich eilt er zum Künstlertreffen
und trifft dort auf seinen Neffen,
der des Künstlers Igel fest umschlungen.
Vergeblich hat er um sein Glück gerungen.

Ein Fuchs, der liegt im Bett
mit seiner Frau ganz nett
und denkt,
ob Gott es mal so lenkt,
dass ich erschieß den Jäger,
der hat so schöne Hosenträger.
Und alsbald,
es war recht kalt,
und es lag schon Schnee,
da hockt, ach nee,
vor des Fuchsens Bau,
der Jäger Superschlau,
mit seiner Büchse
und denkt,
ob Gott es heut so lenkt,
dass ich erleg die Füchse.
Der Herr im Himmel war ganz Ohr
und sah Hilfe, für beide vor.
Er gab ihnen eine Chance,
versetzte sie in die Trance,
und so gewann der Jäger die Million im Lotto,
und der Fuchs beim Fußballtoto
Der Fuchs nun liegt im goldenen Bett
und denkt,
es wäre nett,
wenn Gott den Tag so lenkt,
dass ich erschießt den Jäger,
wegen seiner goldenen Hosenträger.
Und eine neue Füchsin
wäre doch wohl auch noch drin.

Indes der Jäger ganz Noblesse,
sitzt mit seiner goldenen Büchse
und denkt,
dass Gott es lenkt,
dass er erwischt die Füchse.
Und abermals erhört sie Gott
Und überlässt sie sich, in ihrem Trott.

Ein Kater einst ums Kätzchen schlich,
langsam und gewissentlich,
und sprach, er hätte eine Frage,
ob sie es heut noch wage,
ihm zu folgen,
für ein Leben in den Wolken.
Ach nein, sprach sie entzückt,
was ihn so recht beglückt,
bis in seine Pfoten.
Die er nun, nicht mehr bei sich hält.
Doch das, sagt sie, hat Mama ihr verboten.
Was beiden nicht gefällt.
Drum schleichen sie von hinnen,
um darüber nachzusinnen,
ob die Welt ist ihnen zu gefallen
und zücken ihre Krallen
und freuen sich ihres Mutes
und sie tun es.

Ein Hase hoppelt übers Feld,
seine Taschen voller Geld.
Er hoppelt auch zurück
und sucht und sucht nach seinem Glück.
Hin und her und her und hin
viel Glück ist dabei nicht drin.
Her und hin und hin und her
es nagt an ihm der Wunsch so sehr,
er könne sich zusammenraufen,
und endlich mal im Kreise laufen.
Doch ob Kreis oder gerade Strecke,
das Glück bleibt aus
so ohne stille Ecke
und so ohne Maus.
Die Maus indes
ganz Noblesse
in ihrer Ecke sitzt
und schaut, wie der Hase schwitzt.
Warum nur, so denkt sie
macht er keine Pause
und bringt mir eine Brause?
Doch nur mit Schauen und mit Denken,
lässt ihr Glück sich auch nicht lenken.
Da ist Guter Rat recht teuer,
wenn beiden nicht so recht geheuer,
sind Ihre Triebe
und das mit dieser Liebe.

Voll Freud,
und Sieges Mund,
das ist moderne heut.
Auch der Ball ist rund.
Der Igel einst zum Fußball ging
Indessen der Hase mit der Zigarette,
Zuhause in seinem Bette
Einen Gast empfing.
So brennen die Gemüter.
Hier und dort,
und dort und hier,
trinkt man Bier
und ruft in einem Fort,
wir brauchen ein Verhüter.
Doch es kommt so,
wie es kommen muss,
die einen stimmt es froh,
den andren ist´s Verdruss.
Um es wieder gut zu machen,
lassen sie es richtig krachen.
Im Bett natürlich
und ganz ausführlich.
Die Befreiung hat gesiegt,
wenngleich sie auch am Boden liegt.

Der Igel und der Hase,
die gingen einst zu ihrer Base,
zu ihrem Vetter auch,
das ist so Brauch.
Brauch ist auch das Abendbrot,
das Gespräch von Ihrer Not,
von Tante Lisa
und ihrem Missgeschick,
vom schiefen Turm in Pisa
und der Pension mit Meeresblick.
Zum guten Schluss,
als sie schon aufgebrochen,
und der Hase noch mal muss,
spricht wichtig noch der Vetter,
mit dem Igel übers Wetter.
Wenn es regnet, sprach er, sei es gescheit,
einen großen Schirm zu tragen
und er wäre nicht bereit,
mit einem kleinen Schirm sich abzuplagen.
So einen Großen, stabil und schön,
habe er, bei Aldi, ganz billig schon gesehen,
für fünf Euro nur zu haben,
in drei verschiedenen Farben.
Indes, der Hase steht bei des Igels Fuß,
bereit zu einem letzten Gruß.
Der Igel auf einem Bein als steht,
im Geist das andere bereits nach Hause geht.
Doch so schnell, sind sie noch nicht entlassen,
denn der Vetter kann es gar nicht fassen,
dass drei Wochen schon die Sonn auf geht

und sein Schirm unbenutzt, an seinem Platze steht.
Schon wollt er ihn, vor des Freundes Aug erproben,
war leise spürbar, ein Gewitter aufgezogen.
Aus der Küche besorgt die Base eilt
und den Schirm, ihrem Gast zuteilt.
Gastfreundschaft, bekundet der Vetter
und sein Lächeln ward immer netter und immer netter.
Die Frage, ob sein Lächeln war so gemeint,
hat die zwei nicht grade vereint.
Ihre Meinung war verschieden,
und sie haben sich für Streit entschieden,
bis ins Morgengrauen,
um vollends den Tag, auch den danach, sich zu
versauen.

Ein Hase und ein Tiger
Das ist kaum zu glauben,
wollen ihre Rolle tauschen.
Der Hase wäre gern ein Jäger,
der Tiger müht sich ab als Löffelträger.
Der Elefant
Der weiß, die sind verrückt,
weil ihm bekannt,
solch ein Spiel die Menschen nur beglückt.

Ein Hase lebt so ungefähr
In seiner Weile,
ganz ohne Gewähr
und großen Eile.
Ob seiner Krallen prächtig.
lässt er schwellen seine Brust,
denn er wähnt sich mächtig
und schwelgt in Siegeslust.
Es fehlt ihm nur der Glanz im Fell.
Drum angelt er ganz schnell
sich eine Braut,
die anfänglich
ganz anhänglich
zu ihm nach oben schaut,
und sodann,
was sie gut kann,
sein Fell noch mehr versaut.

Ein Hase durch die Lüfte fliegt,
man schaue nur und staune,
er hat die Schwerkraft gar besiegt
und dennoch miese Laune.

Geschichten aus Liebedorf

Die Zaubermelodie

Es war einmal ein kleiner Junge, der konnte die Zeit hören. Worte, die Menschen zu ihm Sprachen, hörte er nur undeutlich oder gar nicht. Ein seltsames Kind, das da in der Wiese saß und glaubte, die Welt sei grünes, hohes Gras und tausend und aber tausend bunte Blumen. Und jede Sekunde die er da saß und die Grashalme und Blumen und die Luft und den Himmel hörte, gab es nichts anderes. Nichts anderes, als die lautlosen Stimmen der vielen zarten und leuchtenden Farben, welche so weit reichten, wie seine Augen nur sehen konnten. Sie sprachen mit ihm, und er glaubte ihnen.

In einem anderen Leben, genau genommen, einige Jahre danach, da erinnerte der Junge nicht mehr was er gehört hatte. Und weil er noch nicht so recht wusste, wohin er in dieser neuen Welt seinen Fuß setzen sollte, träumte er oft seine eigene Welt. Wurde es ihm zu laut, oder bewegte sich die Welt um ihn herum zu schnell, hielt er einfach die Zeit an. Das war sehr praktisch, denn so konnte er Allem entkommen, was er nicht hören wollte.

In dem darauf folgenden Leben, sollte der Junge nun fühlen, was er nicht hören wollte. „Wer nicht hören will, der muss fühlen" sagte der Vater, sagte die Mutter, sagten seine Geschwister, sagten die Lehrer und der Meister. Und bald sagte es die ganze Welt, und der Junge selbst sagte es auch, ganz ohne Worte. Und manchmal, da sah es so aus, als sagte selbst der liebe Gott das gleiche zu ihm.

Und weil er nicht so viel fühlen wollte, da bestellte er sein Feld, pflanzte Bäume, baute ein Haus, füllte Topf und Fässer, und wart ein beachtlicher Mann unter den vielen stattlichen Menschen in Liebedorf. Doch, in welcher Rolle er auch immer schlüpfte, so erwartete er allzeit die Strafe dafür, dass er nicht richtig zu hören vermag. Denn, so dachte er, könne er nur richtig hören, müsse er ein wohl fröhlicher Mensch sein. Also machte er sich auf, damit er endlich das Hören lernen sollte.

Es begab sich aber, dass er unter die Räuber fiel und auf lange Zeit nun seine Tage mit ihnen verbringen musste. Der Räuberhauptmann erzählte ihm, dass auch er vor langer, langer Zeit jenes Land verlassen musste in dem Mutter, Vater, Brüder und Schwestern friedlich und in Freude miteinander lebten. Und er erzählte weiter, dass wohl kaum ein Weg dahin zurückführe, dass er aber ganz gut leben könne in dieser Welt, solange er seinem Säbel den rechten Glanz gäbe. Andere ließen bemerken, dass es so ein Land nie gegeben hätte und dieses Land nur seiner Phantasie entsprungen sei.

Es trug sich aber zu, dass auf dem Marktplatz ein Gaukler seine Künste vorführte, als der Räuberhauptmann mit seinen Männern ins Dorf fiel. Da holte der Gaukler seine Flöte hervor und spielte darauf eine so schöne Melodie, dass die Räuber alsbald in den Wald fliehen mussten. Nur der Junge blieb -wie von Zauberhand berührt- stehen und hörte die lieblichen Klänge. Da erinnerte er die vielen Blumen und die Wiese, und ein dicker, dicker Kloß kam ihn in seinem Halse und wollte und wollte nicht verschwinden. Kaum wusste er, wie ihm geschah, da stand plötzlich die Frau des Räuberhauptmannes neben ihm, reichte ihm ihre Hand und sprach: „Geh Junge, lauf in ein anderes Land und nimm mich mit, dann lernst Du das rechte Hören". „Aber", so sagte sie, „Du darfst mich nie verlassen, sonst ist all Dein Mühen vergebens und Du wirst weiter, Tag ein und Tag aus, deinen Säbel putzen müssen. Da machten sie sich auf den Weg und manchmal schien es, als ginge der Junge doch alleine, denn hinter ihm, und auch vor ihm, da tanzten die Säbel und lachten ihn aus und riefen, dass er sie noch brauchen werde. Und so schnell er auch lief, immer folgten sie ihm und lockten mit ihrem Gerassel. Und wenn sie ihm gar zu nahe kamen, da setzte er sich in die Wiese und suchte nach der Hand seiner Frau. Kaum hatte sie ihn berührt, da fing er das Weinen an und fühlte Freude. Und das geschah immer öfter. Auf ihrem Weg begegneten sie allerlei Kindern. Die nahmen sie mit und sorgten für sie. Gemeinsam fuhren sie über das Meer, bestiegen die Berge und sangen die Melodie des Gauklers. Und wenn der Abend kam, setzten sie sich auf die Wiese und wussten, die Welt ist grünes hohes Gras und tausend und aber tausend bunte Blumen. Und jede Sekunde die sie da saßen und Grashalme und Blumen und die Luft und den Himmel hörten, gab es nichts anderes. Nichts anderes, als die lautlosen Stimmen der vielen zarten und leuchtenden Farben, welche so weit reichten, wie ihre Augen nur sehen konnten. Sie sprachen mit ihnen, und sie glaubten ihnen.

Spätes Glück

Oskar ist müde. Zwei Stunden ist er durch den Wald gelaufen. Er setzt sich auf die Bank gleich neben der Schule, die den Ortseingang von Liebedorf ziert. Gut sieht er nicht grad aus, der Oskar. Sein Blaumann ist bereits einige Male zwischen den Gemüsebeeten hin und her gerutscht. Seine Schuhe gleichen einem Lehmklumpen und sein Hemd muss er geradewegs aus dem Wäschekorb gezogen haben. Einen Kamm scheint er auch nicht zu besitzen. Sein zotteliger Bart reicht ihm bis weit über sein Kinn. Die Uhr am Giebel der Schule zeigt die siebte Stunde an.

Es kommt schon mal vor, besonders bei Vollmond, da findet der Oskar keine rechte Nachtruhe. Er steht dann auf, isst einen Apfel und eine Banane und marschiert los. Die Bank neben der Schule ist sein liebster Platz. Er freut sich, wenn die vielen Kinder kommen und in die Schule strömen. Lang, lang ist es her, da hat der Oskar diese Schule gebaut. Nicht alleine. Nein! Sein Chef - er hatte nur einen Chef in seinem Leben- der war der Kegelbruder vom damaligen Bürgermeister Bürgele und hatte deshalb den Zuschlag für den Bau dieser Schule bekommen. Und obwohl Oskar damals zum Polier aufgestiegen war, und danach, nachdem sein Chef zu Grabe getragen wurde, die Geschicke der Firma in seine Hände nehmen durfte, hat er nie aufgehört davon zu träumen, einmal im Klassenzimmer zu stehen und die Kinder zu unterrichten. Er weiß, dass das ein Traum bleibt. Längst ist er Rentner. Seine Knie die wollen nicht mehr so recht. Auch sein Kreuz tut ihm Weh und Kraft hat er zudem auch nicht mehr viel. Sein Arzt, der Herr Doktor Zange meint, es wäre gut für den Oskar, wenn er viel herumläuft. Und das macht der Oskar denn auch. Wenngleich er oft an den Wert solcher Aktionen zweifelt. Hin und wieder findet er dann ja auch Gefallen an den saftigen grünen Wiesen und den unzähligen bunten Blumen und Kräut-

ern, die ihn geduldig immer und immer wieder einladen innezu-
halten und sein ganzes Leben in nur einem einzigen Moment neu
zu erfahren. Allein er glaubt nicht mehr so recht ans Glück. Nur
die Vernunft bringt seine Beine in Bewegung. Seine Nachbarn
sagen hinter vorgehaltener Hand, der Oskar sei so ein rechter
Eigenbrötler. Und wenn einer seiner Altbekannten –von denen
es weniger gibt als eine Hand Finger zählt- ihn einmal zu Gesicht
bekommt, was seltener als selten geschieht, sagt er: „Ja der
Oskar, das ist ein Ritter von trauriger Gestalt".

Frau Stöcklein, die Lehrerin der Klasse vier a, ist dem Oskar
nicht sehr wohlgesonnen. „Warum sitzt der Kerl so oft auf dieser
Bank und starrt auf die Kinder" denkt sie. Misstrauisch stellt sie
sich zwischen ihm und den Kindern die aus dem Schulbus steig-
en und dem Eingang entgegen eilen. Jenni, die heute zum ersten
Mal diese Schule besucht, bleibt stehen und schaut auf Oskar.
Die Stöcklein packt sie an ihren Schultern und schiebt sie weiter
dem Eingang zu.

Im Klassenraum angekommen, die meisten sitzen schon auf
ihrem Platz, da muss Jenni sich der Klasse vorstellen. So richtig
klappt das nicht. Sie ist sehr aufgeregt. Die Stöcklein fragt Jenni,
ob sie sich für ihren ersten Tag in dieser Schule etwas von ihren
Mitschülern wünscht. Jenni schüttelt ihren Kopf. Tränen stehen
in ihren Augen. Sie hebt ihren linken Arm und zeigt zum Fenster.
„Was ist da", fragt die Stöcklein. Und als könnten ihre Mitschüler
ihr ins Herz schauen, laufen sie zu den Fenstern und schauen
auf Oskar. Kaum hörbar sagt Jenni: „Mein Opa". Und noch leiser
fügt sie hinzu: „aber mein Opa ist doch schon Tod". Und dann
fängt sie an zu weinen. Unbeholfen und steif nimmt die Stöcklein
Jenni in ihre Arme. Nach einer Weile sagt sie: „Wenn Dein Opa
doch schon Tod ist, da kann der Mann auf der Bank nicht Dein
Opa sein." „Doch" sagt Jenni, „doch es ist mein Opa" und dann
reißt sie sich von der Stöcklein los und läuft in Richtung Schul-
ausgang. Annelise und Rolf und Klaus laufen hinterher und halt-
en sie fest. Und sie tun so, als gehörten sie zu einem offiziell ben-
annten Ordnungsdienst. Direktor Fischlein hört den Lärm auf
dem Flur und schaut sogleich nach dem Rechten. „Sö, Frau
Stöcklein, was öst los hör an döser Schule", fragt er streng die

hinzueilende Lehrerin. Dabei zieht er seine Mundwinkel runter, als hätte er gerade eine saure Gurke gegessen. Nachdem die Stöcklein dem Herrn Direktor erklärt hat, um was es geht, sagt er: „na dann gehen sö halt möt der Göre runter und klören das. Oder wollen wör die Polözö rufen?" Militärisch wendet er und schreitet zur Aufsicht in die alleingelassene Klasse.

Frau Lehrerin Stöcklein nimmt Jennis Hand und geht mit ihr runter zu Oskar. Lange schauen sich Oskar und Jenni an. Auch Oskar stehen Tränen in seinen Augen. „Du", fragt Jenni, „warum weinst Du?" „Weil Du ein Engel bist" antwortet Oskar und sein Gesicht wird hell und lebendig und er vergisst für einen kurzen Augenblick, all sein Mühen und Plagen. Jenni lacht und legt etwas verlegen ihren langen goldblonden Zopf von vorne nach hinten. „Und woher weißt Du das, dass ich ein Engel bin", fragt Jenni weiter. „Weil es da drinnen ganz warm geworden ist" antwortet Oskar und zeigt dabei mit seiner rechten Hand auf sein Herz.

„Was für ein Schmarren!" denkt die Stöcklein und verlagert ungeduldig ihr Gewicht von einem auf den anderen Fuß, und hin und her und hin und her. „Du siehst aus wie mein Opa" sagt Jenni leise und ganz vorsichtig. „So" sagt Oskar, „und wo ist Dein Opa?" „Mein Opa ist am letzten Weihnachten gestorben, der war nämlich schon lange krank" antwortet Jenni. „So, was hat ihm denn gefehlt" fragt Oskar. „Mama hat gesagt" erzählt Jenni, „das sein Herz so schwer war, weil er so traurig war, selbst wenn er gelacht hat" „Das ist eine schlimme Krankheit" sagt Oskar. Und mehr der Stöcklein zugewandt, sagt er: „Da weiß niemand so recht, welche Pillen da helfen". „Johanniskraut" hört die Stöcklein sich sagen, und sieht sich im Supermarkt, wie sie eine Flasche Rotwein in den Einkaufswagen legt. Barsch sagt sie: „Und, wie geht es jetzt weiter?" Wollen wir hier Wurzeln schlagen?" Oskar merkt wohl, dass diese Frau ihm eher ablehnend gegenüber steht. Und er hat Angst, dass sie die schöne Stunde abbricht. Er nimmt all seinen Mut zusammen und sagt zu Jenni: „Es tut mir leid, dass Dein Opa jetzt nicht mehr bei Dir ist. Wenn Du willst, komme ich gerne mal wieder und wenn Du willst erzähle ich Dir dann eine Geschichte. Und Deine Klassenkameraden können, wenn sie wollen, auch zuhören." Und während er das sagt, sieht er sich im Klassenzimmer seine Geschichten erzählend, und Freude ist in seinem Herzen als ob es so sei. Jenni sieht ihren Opa, wie er ihr die Geschichte von der Eisenbahn erzählt. Von der Lock, die so viel Wagons hinter sich her zieht, wie ihre Fantasie sie erschafft. Einen, in dem sich ein Schwimmpool befindet, einen, in dem eine Geisterbahn ihre Freundinnen so recht in Angst versetzt, und einen, in dem nur das Kuscheln erlaubt ist. Es gibt einen Wagon, extra zum Pizzabacken. Und einen, extra zum Spagetti kochen. „Und einen extra zum Mäusemelken" hat der Opa immer wieder gesagt. Dann hört Jenni den Oskar sagen: „Ich könnte Euch die Geschichte von der Eisenbahn erzählen." „Von der mit den vielen Wagons?" fragt Jenni aufgeregt. „Ja, ja", antwortet Oskar." Kennst Du sie schon? „Ja" sagt Jenni, „mein Opa hat sie mir erzählt". „Na, dann brauchen sie diese Geschichte nicht noch mal erzählen" sagt die Stöcklein, und sie ist der Meinung, dass es nun gut ist und sie wieder zurück in den Klassenraum gehen sollten. „Nein, nein", ruft Jenni, „wir können doch einen neuen Wagon an den Zug hängen und dann erzählen wir, wie der aussieht und was da alles drin passiert." „Ja", sagt Oskar, „und wir können ausrechnen, wie viel Farbe wir brauchen, wenn wir den Bastlerwagon neu streichen wollen, oder wie groß wir die Bretter schneiden müssen, wenn wir ein Regal in den Kinderzimmerwagon bauen wollen". Jenni hat sich längst aus der Hand der Stöcklein befreit und kniet ganz dicht bei Oskar auf der Bank. Das ist Zuviel für Frau Lehrerin Stöcklein. „So ein Strolch und vielleicht gar Mädchenverführer" murmelt sie leise vor sich hin, packt Jenni unsanft am Arm und zieht sie in Richtung Schulgebäude. Jenni winkt Oskar nochmals zu und ergibt sich dem Willen ihrer Lehrerin. Frau Krause vom Krämerladen gegenüber der Schule überlegt, ob sie, wegen dieses Mannes, nicht doch mal die Polizei rufen sollte. Der Schorschi vom Schorschebauer hebt zum Gruß unbeholfen seine Hand. Ihm ist schon viel mitleidiges Reden über das schwere Schicksal von Oskar zu Ohren gekommen. Oskar grüßt zurück, erhebt sich langsam und wendet der Schule und dem Dorf seinen Rücken zu.

Am Tage darauf bringt Jenni ihre Mama mit in die Schule, die noch viel aufgeregter ist, als Jenni es am Vortag war. Sie will Oskars Familienname wissen und wer er ist und wo er wohnt. Und weil es in der Schule niemand weiß, fragt sie bei einigen Dorfbewohnern nach. Der Dorfälteste, weiß ihr zu helfen. Er steigt in das Cabrio, und weist Jennis Mutter den Weg zu Oskar. Oskar rutscht wieder mal zwischen seinen Beeten hin und her und staunt nicht schlecht, als Jenni mit ihrer Mutter plötzlich neben ihm steht. „ Bist Du Oskar Klaus Hubert Freundschuh, und bist in Königsberg geboren, in der Seegasse 10"?" sprudelt es aus ihrem Mund. Oskars Mund dagegen bleibt weit geöffnet und stumm. So, als hätte er nie das sprechen gelernt. Langsam setzt er sich auf den Boden und sagt ganz sanft: „bist Du die Marie, die Tochter von meinem Zwillingsbruder Erich?" Marie ist so berührt, dass sie nur noch nicken kann.

Eine Woche später sitzt Oskar, gut frisiert und mit gebügeltem Hemd, im Klassenzimmer der vier a und erzählt mit Hilfe von Jenni und der ganzen Klasse die Geschichte von der Eisenbahn. Ja selbst der Herr Direktor Fischlein wird für eine Stunde zum rechten Kind. Er meint: „Warum göbt es noch könen Wagon für die Lehrerfortböldung. So eönen mit Bölliördtösch und eönem Regal för dö Verlörer"? Und hätte der Oskar der Stöcklein nicht schon zweimal auf ihre Brüste geschaut und sie einmal ganz aus Versehen an ihrem Hindern berührt, wäre sie längst mit ihm versöhnt. Die Kinder jedenfalls haben viel Spaß mit dem Fantasieren. Und es ist geplant, dass Oskar wieder kommt.

Zwei Wochen später wird auch Oskar zu Grabe getragen. Man munkelt, dass sein trauriges Herz so viel Glück nicht ertragen hat. Jenni ist traurig und freut sich, dass Oskar sie und ihre Mama gefunden hat, und jetzt wieder bei seinem Bruder sein kann. Auch Jennis Mama freut sich über das glückliche Zusammenfinden im Diesseits, und –wie sie glaubt- im Jenseits. Obgleich ihr das Herz schwer ist. Selbst der Stöcklein treibt es Tränen in die Augen, wenn der Name Oskar ertönt, oder wenn sie in den Zug steigt und ihren Vater im Altenheim besuchen will. Und Herr Direktor Fischlein meint: „wöder haben wör eönen urögen Pädagogen verloren."

Die sonderbare Großmutter

Großmutter Alma ist schon 92 und, wie Gandolfo zu sagen pflegt, fit wie ein Wanderschuh. In Liebedorf ist sie allen wohl bekannt als die Holzbäuerin vom Kauz Kopf. Und niemand hat bisher etwas davon gehört, dass es an ihr etwas Sonderbares geben soll. Wie auch? Lebt sie doch ganz normal wie jeder andere Bürger der Stadt ihren Alltag. Nicht ganz wie jeder andere, denn sie begrüßt den Tag bereits, wenn andere sich noch im Schlafe wiegen; ausgenommen Bäckermeister Schroth und seine Gesellen. Und, sie spricht ihr Nachtgebet, sobald der Himmel mit letzter Kraft gerade noch so viel Licht in ihre Stube wirft, dass sie zum Nachtgruß all ihre Puppen und Stofftiere in die Augen sehen kann. Im Sommer lobt sie den Tag, und im Winter lobt sie die Nacht.

Im Sommer kommen alle weil die Menschen aus nah und fern in ihre Stuben; zum Sitzen, zum Essen, zu Schauen zum Reden. Und wenn Spielleute aufwarten, auch zum Tanzen. Im Winter da treibt es kaum eine Seele über das verschneide Geröll hinauf zu den Stuben am Kauz Kopf.

Der große, alte, mit Gusseisernen Türen versehene Kachelofen, der unangefochten die Mitte der Stuben eingenommen hat und dort als das geduldigste Wesen aller Zeiten thront, und so tut, als gäbe es ohne ihn diese Welt nicht, strahlt seine Wärme in den kalten Wintertagen allein für Großmutter Alma und den Holzmachern des nahegelegenen Sägewerks aus. Und natürlich für die Mäuse im Gebälk und alles andere was sich sonst noch in den Ritzen und Ecken des Mauerwerkes aufhalten mag.

Die Ziegen im Stall unter der Stube, die haben ihre eigene Wärme. Und damit das so bleibt, gibt Großmutter Alma ihnen täglich eine angemessene Portion Heu. Nicht das immer noch Frische Heu. Das ist nicht gut für sie. Davon, so sagt sie, bekommen die Ziegen einen Blähbauch. Der Gandolfo, der ihr gerne beim Füttern der Tiere hilft, wenn er wieder mal seine Ferien dort am Kauz Kopf erleben will, der weiß das. Sein Vetter, der Ludwig aus Buxtehude, der weiß das nicht. Der Ludwig kennt nur Pferde. Und die, das weiß er, bekommen solche einen Blähbauch nur, wenn sie zu viel frisches Brot bekommen. Oder, wenn sie zu viel Zwetschgen fressen.

In diesem Jahr verbringen der Gandolfo und der Ludwig ihre Sommerferien zusammen bei Großmutter Alma. Und wie es das Schicksal will, geht es heuer ziemlich turbulent im Ziegenstall zu. Der Ludwig nämlich der mag die Ziegen und besucht sie allzeit, wenn der Gandolfo lieber mit seiner Angel am Wasser sitzt und so tut, als sei es das Wichtigste auf der Welt, der Großmutter frischen Fisch in die Küche zu bringen. Der Ludwig wundert sich darüber sehr, dass die Ziegen immerzu hungrig ausschauen. Sobald sie kein Futter mehr vorfinden, schauen sie den Ludwig bettelnd an und ihr Meckern klinkt für ihn wie eine Aufforderung, ihnen noch einen und noch einen und noch einen Nachschlag zu zuwerfen. Weil sie ihn so traurig anschauen und der Ludwig so neugierig ist, wann die endlich mal satt sind, wird er nicht müde, dieses Spiel zu spielen. Den halben Vormittag lang reicht er ihnen immer wieder von dem leckeren und gut duftenden frischen Heu. Aber die Ziegen werden nicht satt. Und wie die Sonne ihre warmen strahlen durch das kleine Fenster des Ziegenstalles schickt, verliert der Ludwig seine Geduld und überlässt die Tierlein ihrem unendlichen Hunger. Jetzt zieht er es vor, an den See zu gehen, seine Füße ins Wasser zu stecken und zu schauen, wie die Wellen sich zu Kreise ausweiten, wenn er kleine flache Steine –möglichst flach- gegen die Wasserober-fläche schleudert. So vergeht der Vormittag wie im Fluge und jeden Augenblick könnte, wie gewohnt, die Einladung zum Mit-tagsmahl die Menschen aus der Umgebung erreichen. Doch statt des Tiefen Tones, den der große Gong am Eingang der Stuben erzeugt, wen er geschlagen wird, dringt ein schriller und lang an-haltender Schrei von Großmutter Alma bis hinüber zum anderen Ufer des Sees.

Das reißt den Ludwig mit einem Ruck aus seiner Friedfertig-keit. Mit angehaltenen Atem bleibt er wie versteift sitzen und wartet auf weitere Zeichen. Und die lassen nicht lange auf sich warten. Nach dem ersten folgt nämlich ein zweiter und dritter Schrei aus Großmutters Anwesen. Genau gesagt, aus ihrer Kehle. Was mag da wohl los sein, denkt Ludwig und seine Gedanken vermischen sich mit einer ganz ungewöhnlichen Angst. Nachschauen? Das will er nicht. Dazu ist ihm das Geschehen zu unheimlich. Dann hört Ludwig die vielen Stimmen der Holzmacher und schließlich aus der Ferne ein immer näherkommendes Lalü Lala Lalü Lala. Eine ganze Weile ist es still und während Ludwig langsam, sehr langsam seine Füße aus dem Wasser zieht um sie in Richtung der Stuben zu bewegen, kommt Gandolfo ihm entgegen gelaufen. „Mensch" sagt der, „hau lieber ab, da ist der Teufel los." Ludwig gruselt es. Und bevor er fragen konnte, was denn geschehen ist, überhäuft ihn Gandolfo mit Vorwürfen. „Wie konntest Du denn nur so dumm sein, den Ziegen so viel Heu vorwerfen, und dann auch noch das Frische Heu. Du hättest Doch wissen müssen, dass die dann platzen können". „Jetzt" so erzählt Gandolfo weiter, „ist die Kacke voll am Dampfen. Eine Ziege ist geplatzt und die anderen müssen vom Tierarzt entgast werden." Dann fängt Gandolfo an zu lachen und sagt, „Du hättest die mal sehen sollen, die sahen aus wie Luftballons mit Kopf und Schwanz." Dem Ludwig ist überhaupt nicht zum Lachen zu mute. Er hört kaum noch, was Gandolfo erzählt. Vor sich sieht er seine Mama. Und er hört, wie sie sagt: „Kannst Du Dich nicht einmal zusammennehmen? Musst Du mir immer Kummer machen? Ich habe doch weiß Gott schon genug am Hals. Die Arbeit, den Haushalt, den Ärger in Deiner Schule, und das Geld reicht hinten und vorne nicht. Dein Vater hat sich ja aus dem Staub gemacht. Mein Gott! Muss ich denn alles alleine machen. Ist das Deine Hilfe? Danke!" Und während sie sich von ihm abwendet sagt sie noch: „Du wirst noch zum letzte Nagel an meinem Sarg, ich möchte mal wissen für was ich mich für Dich aufopfere."

Ludwigs Gedanken versagen ihm den Dienst. Wegrennen geht nicht. Der Großmutter unter die Augen kommen geht auch nicht. Ihm ist fürchterlich übel. Für einen Augenblick sieht er sich in der Rolle des Robin Hood in dessen Erdbau. Dort fühlt er sich sicher und stark. Seiner Mutter bringt er des Nachts einen Hasen oder die besten Stücke des erlegten Hirsches. Und ein paar Dukaten legt er auch noch dabei. Aus einem Versteck kann er beobachten, wie Mutter die Geschenke findet. In ihrem Gesicht steht die Angst. um ihn geschrieben. Und die Freude, dass er noch lebt.

Gandolfo zieht den Ludwig am Arm und sagt: „Komm, lass uns gehen, es wird schon nicht so schlimm werden." Zusammen machen sie sich auf den Weg und Ludwig glaubt, dieser sei heute halb so lang wie gewöhnlich. Von den steilen Stufen hinauf zu den Stuben nimmt Ludwig immer zwei auf einmal. Er weiß, dass er dann schneller oben ist. Aber wenigstens sehen die anderen dann nicht die Angst in seinen Augen. Und er braucht den Menschen da oben nicht direkt ins Gesicht schauen, weil er sich ja voll auf die Stufen konzentrieren muss.

Die Holzmacher kennen das gute Herz von Großmutter Alma und so ist es ihnen leicht gemacht, den Ludwig mit freundlichen Augen und wohlwollenden Gesicht zu begrüßen. Der Ludwig aber sieht nur die Neugierde in ihren Augen, und so manches Lachen wird für ihn zu einem schadenfrohes Grinsen. Den Blick auf den Boden gerichtet und mit weichen Knien stolpert er den gewohnten Weg entlang. Vor sich sieht er das weite dunkelblaue, bis zum Boden reichende Kleid von Großmutter Alma. Und dann fühlt er ihre etwas zittrigen, warmen Hände, fühlt wie Großmutter ihn an sich ran zieht, ihn umarmt und über die Haare streicht. Ihm wird warm, sein Herz sticht und nur mit Mühe kann er seine Tränen zurückhalten. „Komm, schau mi oan." sagt Großmutter Alma. Dann setzt sie sich auf ihren breiten, eichenen Stuhl, nimmt Ludwigs Hände in die ihre, schaut ihn fest an und sagt: „Woas hoast gedoan? Freili oa schlimme Doat. Woas soagt dazur?" Und wie Ludwig antworten will, bricht all seine Anspannung der letzten halben Stunde aus ihn heraus und er beginnt fürchterlich zu weinen. Und Großmutter Alma erlaubt ihm nicht, sein Gesicht in seinen Händen zu vergraben. Sie hält sie weiter fest und sagt mit ihrer gealterten aber immer noch glockenhelle Stimme: „ Ludwig, dös hilft Dir für allemoal nit, moach Deine Augen aufi und schau mi oan. Es dauert eine Weile bis Ludwig es schafft, Großmutter Alma anzuschauen. Und dann fragt sie nochmals: „Woas soagst dazur?" „Es tut mir Leid Großmutter, es tut mir leid für Dich, und es tut mir leid für die Ziegen" sagt Ludwig mit offenen und tränenden Augen. „So is rert" sagt Großmutter Alma. „Und wie

wülllst dös oalleweil guat moachet?" „Ich kann, wenn ich groß
bin, auf die Stuben kommen und Dir helfen. Weil Geld habe ich
noch keins". „So is rärt" wiederholt Großmutter Alma. Und dann
sagt sie den Holzmachern zugewandt, „doa schaut's, so is rert.
Nit wie es oalleweil die Lait moachet. Die Soang, i sain nit Schuld,
die Zigglein hoam mi verführt i koan nix dafüä. Dös hoat ja schoa
der Adam soa gesoagt und die Eva auch. Joa freili hoat der da
oben die oalle liäb, davon sann die aber nit froah, weils immer
noch glaubet, sie müsset alleweil alles rirtisch moachet. Und jetzt
poakmers, troagts aufi, heuer gibt's oa Ziegen.

Die Weihnachtsgans

Leohold ist vier und sein größter Wunsch ist es, dass das Christkind ihm eine kleine Trommel beschert. Und das hat seinen
Grund. Sein großer Bruder nämlich, der Björn, der ist erst acht
und schon bei der freiwilligen Feuerwehr. Bei jedem Fest marschiert er ganz vorne im Spielmannszug und schlägt die Trommel. Das kann er wirklich sehr gut. Leohold aber, darf nur neb-
enher laufen. Am Abend oder früh morgens, oder sonst wann,
wenn Björn mal nicht im Spielmannszug der eifrigen Wehrleute
marschiert oder für seinen großen Auftritt übt, hütet er seine
Trommel wie andere ihr Portemonnaie hüten. Nichts und Niem-
and soll an seine Trommel ran kommen. Doch gelegentlich gelingt es dem Leohold nach Herzenslust mit Björns Trommel ganz
verbunden zu sein. Zum Schrecken, der ganzen Familie. Denn
jeder weiß, was das für einen Zirkus gibt. Björn fängt dann das
Schimpfen an, wütet herum und schreit: „Lass das! Dazu bist Du
noch viel zu klein, kauf Dir doch Deine eigene Trommel". Am
liebsten würde er den Leohold so richtig verprügeln und in die
Ecke werfen. So groß ist seine Wut. Aber das bringt er nie fertig.
Er glaubt nämlich, er täte damit auch seiner Mama weh. Zum
Ausgleich verweigert er das Mittagessen oder motzt sonst irgendwie herum. Da muss Elisabeth schon ziemlich streng sein
oder viel Bitte- Bitte bei ihm anbringen, damit er wieder normal
wird. Irgendwie bekommt Leohold die ganze Aufregung mit, und
irgendwie geht das alles an ihm vorbei. So genau weiß das

niemand. Er steht einfach da und schaut mit offenen Mund und großen Augen auf die Trommel, auf Björn und in Mamas Gesicht. Alles was er in solchen Augenblicken ist, ist der kleine Junge, dessen Mama auch glaubt, er sei zum Trommeln zu klein. Darum wünscht Leohold sich eine kleine Trommel.

Und weil ihm sein Schweinderl so Leid tut, wenn er es schlachtet, und er sowieso nicht alleine zum Einkaufen in die Stadt fahren kann, wendet er sich an das Christkind. Leohold lässt sich von Tante Lisa einen Wunschzettel schreiben und wirft ihn in den Postkasten um die Ecke. Bis aber das Christkind kommt, muss er noch viele Nächte schlafen. Dafür aber, findet Leohold im Sperrmüll von den Huberts eine große, alte, aber hübsche Keksdose. Die Huberts, die wohnen schräg nach links gegenüber. Opa Heinze, dessen Hütte zwei Häuser hinter der von den Huberts steht, bohrt zwei Löcher an den Rande der Dose und hilft dem Leohold dabei, einen ausgedienten Hosenträger daran zu befestigen. Der Hosenträger ist ziemlich ausgefranst. Aber, er sieht aus, wie das Stirnband eines Indianers. Oder wie das Band an der Babywiege oder der Hängematte oder der Tragetasche einer Skwou. Nur Indianer -das weiß Leohold- haben so schöne Bänder. Das hat er bei Winnetou gesehen und auf dem letzten Kinderfaschingsfest.

Opa Heinze zieht aus der vertrockneten Erde eines Blumentopfes zwei Bambusstöckchen, und gibt sie Leohold zum Trommeln. Sogleich hängt Leohold sich seine Trommel um und beginnt zu trommeln. Bam, bam, bambambam, bam, bam, bambambam. Und wie die Großen marschiert er los. Erst zweimal um Opa Heinzens Tisch, und dann hinaus in Richtung Heimat. Opa Heinze schaut ihm eine Weile nach und überlegt nun, ob er sein Werkzeug gleich wegräumt oder besser später. Er entscheidet sich gegen gleich, aber auch, gegen später. Er will es nächsten Monat tun, da wird er sowieso mal gründlich aufräumen. Leohold trifft unterwegs den Thomasius, der gerade das Brot austrägt. Thomasius ist der Lehrling und gleichzeitig der Sohn von Bäckermeister Schroth. Er ist - wie Leohold von seiner Mama gehört hat- erst sechzehn, aber, schon zweimeterfünf hoch. Leohold versteht nicht, warum der Thomasius stehen bleibt, ihm und insbesondere der Keksdosentrommel nachschaut und ihn fragt, ob er ein Scherzkeks ist. Leohold marschiert einfach weiter. Bam bam, bambambam. Bam, bam, bambambam.

Zu Hause angekommen, steht der Heiner und Mama Elisabeth im Hauseingang. Heiner ist Mamas neuer Freund und in der letzte Woche bei ihnen eingezogen. Leohold sagt aber immer nur Onkel zu ihm. Einfach nur Onkel. Onkel ohne alles. Und wie Heiner die Blechtrommel sieht, denkt er an das Buch „Die Blechtrommel" von Günther Grass. Dann lacht er und sagt: „Schon ganz schön Grass. Wenn Du das Schreien auch noch ein wenig übst, wird es noch Grasser. Dann müssen wir wohl eine Glasversicherung abschließen." Seine Mama, die Elisabeth, findet das witzig. Leohold aber findet das gar nicht witzig, er versteht nicht mal, was der Onkel gesagt hat, und er versteht auch nicht, warum seine Mama darüber lacht. Er weiß aber, dass es nichts Freundliches war, was der Onkel gesagt hat. Das liest er am Gesicht des Onkels ab.

Leohold schiebt seine Trommel auf den Rücken und quetscht sich durch den engen Spalt zwischen Türpfosten und seiner Mama. Dann eilt er zum Küchenschrank, steigt auf einen Stuhl und sucht nach der Schokolade, die Tante Lisa bei ihrem letzten Besuch für die beiden Jungs dagelassen hat. Björn ist ihm jedoch zuvorgekommen. Er sitzt in der Ecke zwischen Kühlschrank und Standuhr, und verschlingt genüsslich den letzten Riegel der dreihundert Gramm Tafel, von der Leohold erst ein kleines Stück abbekommen hat. Einen Moment lang ist es ganz still in der Küche. So still, dass Elisabeth wie automatisiert und gleich einem Geist, im nächsten Moment schon den Ort des Geschehens erreicht hat. Im gleichen Moment, rutscht Leohold vom Stuhl und schlägt -zusammen mit einigem Geschirr- unsanft auf den harten Steinboden der Küche auf. „Jetzt schlägt´s aber dreizehn" ruft Elisabeth entsetzt und ärgerlich, und stampft mit ihren Rechten Fuß auf den Boden. Als hätte sie damit das Kommando gegeben, fängt Leohold fürchterlich das Schreien an, die Standuhr beginnt, im herrlichen Westminsterton, die Vollendung der zwölften Stunde anzuzeigen, Bello, der bis dahin ruhig in seinem Körbchen gelegen hatte, bellt und heult im Wechsel, das Ventil des Schnellkochtopfes öffnet sich und entlässt laut zischend heißen Dampf, das Telefon klingelt, und draußen, auf dem Dach des Rathauses ruft die Sirene die Wehrsleute zu einer Löschübung.

Heiner kommt in die Küche, hält als Zeichen, dass er das Haus verlässt, seinen Feuerwehrhelm hoch und verschwindet. Björn sitzt blass und wie festgebunden in seiner Ecke und schluckt - ohne zu schlucken- die noch nicht zu Ende gelutschte Schokolade runter. Er wagt nicht zu denken und ist erleichtert, dass Mama ihn nicht sieht. Die rennt zum Herd, nimmt den Topf runter und dann zu Leohold. Sie nimmt ihn zu sich und hält in so, dass er seinen Kopf auf ihre Schulter legen kann. Nun wandelt sich Leoholds Schreien in ein herzerweichendes Weinen, das erst gar nicht aufhören will und dann doch, nach einigen Minuten langsam verebbt. Nur hin und wieder kommen tief aus seinem Bauch noch einige leise Schluchzer, manchmal ist auch ein Doppel oder Dreifachschluchzer dabei.

Und dann plötzlich auch noch sein Frühstück. Ach nein, auch das noch denkt Elisabeth und sagt: „Da müssen wir aber gleich mal den Doktor rufen, ich fürchte, das ist eine gehörige Portion Gehirnerschütterung. Jetzt fängt auch Björn an zu weinen. Und er weint, als wäre ihm was angetan worden. Dabei beobachtet er sich und fragt sich, ob seine Tränen jetzt Krokodilstränen sind. Das sagt nämlich der Heiner immer zu ihm, wenn er mal weint.

Elisabeth ist für einen Augenblick ratlos, nimmt dann aber den Björn an die Hand und geht mit ihm und Leohold auf ihrem Arm ins Bad. Sie zieht Leohold ein frisches Hemd und sich eine frische Bluse an, ruft ein Taxi und fährt mit den Zweien ins nahegelegene Krankenhaus.

Dort wird Leohold gründlich untersucht. Der Doktor bestätigt eine Gehirnerschütterung und ordnet an, dass Leohold mindestens zehn Tage ruhig im Bett liegen soll. Björn fragt den Doktor, was eine Gehirnerschütterung ist. Der Doktor erklärt ihm, dass Leohold von dem Sturz jetzt so etwas wie ein Wackelpudding im Kopf hat und deshalb wird ihm übel und schwindelig. Wenn er einige Tage Ruhe hat, wird der Pudding nicht mehr wackeln, sagt er. Zum Abschied, schenkt der Doktor den Jungs ein Kindersachbuch über das Innere im Menschen. Am Nachmittag bekommt

Leohold Besuch von Opa Heinze, und von Tante Lisa. Sogar der Thomasius kommt kurz vorbei um ihm Gesundheit zu wünschen. Die Huberts bringen einen leuchtend roten Weihnachtsstern vorbei und Onkel Feuerwehrhauptmann Fleischermeister Kubischeck gibt seiner Schwester Elisabeth, eine Weihnachtsgans und sagt zu Leohold, das alles wieder gut ist, wenn an den Festtagen erst mal die gute Weihnachtsgans aufgetischt ist.

Für Leohold ist das alles viel zu viel, seine Augen sind schon fast geschlossen und eigentlich ist er schon mehr in seiner Traumwelt, als krank in seinem Bett. Vor seinen Augen fliegen große bunte Kreise, Dreiecke und Vierecke vorbei, bleiben stehen und ziehen weiter, verändern ihre Form und ihre Größe, verbinden sich miteinander und lösen sich wieder. Sie sind mal dunkel und mal hell wie eine Lampe. Und alle Farben, jede Bewegung, ja alles hat den gleichen Ton. Und manchmal hört es sich an, wie die Waschmaschine im Keller, oder das Brummen des Kühlschrankes in der Diele, oder wie vorbeifahrende Autos. Oder wie das Rauschen des Baches hinter dem Haus. Oder wie die Stimme von Mama, von Heiner, oder von Feuerwehrhauptmann Kubischeck.

Leohold sieht Wolken. Große weiße Wolken. Lilane Wolken und graue Wolken. Und Wölkchen, die aussehen wie Löwenköpfe und Braunbären oder putzige Hündchen. Bello ist auch dabei. Er liegt vor einem Indianerzelt. Im Zelt brennt ein Feuer und der Medizinmann rührt mit Elisabeths großen Kochlöffel eine Medizin an. Dann sagt er: „Du willst sicher Deine Weihnachtsgans haben". Weihnachtsgans? Weihnachtsgans? Angestrengt sucht Leohold in seinem Kopf das Bild von der Weihnachtsgans. Der Medizinmann schaut ihn an und sagt: „Eine Weihnachtsgans ist nicht immer das gleiche. Manche Menschen haben als Weihnachtsgans eine Ente, manche einen Truthahn. Andere haben als Weihnachtsgans einen Schweinerollbraten oder Knackwürste mit Kartoffelsalat. Oder Big Mac Getreidebratlinge." Und dann fragt der Medizinmann ihn, welche Weihnachtsgans er denn gerne hätte. Leohold antwortet: „Die Mama backt zu Weihnachten einen Christusstollen. Ist das auch eine Weihnachtsgans?" Der Medizinmann schüttelt seinen Kopf und legt den Kochlöffel aus der Hand. Er nimmt sich eine Trommel und beginnt zu Trommeln. Bam, bam, bam, bam. Viele Indianer, Männer, Frauen und Kinder kommen ins Zelt. Sie setzen sich um das Feuer und trommeln alle mit. Bam, Bam, Bam, Bam. Nach einer Weile hören alle mit dem trommeln auf. Der Häuptling betritt das Zelt und stellt eine wunderschöne, dunkelrote, mit Perlen bestickte Trommel neben Leohold. Leohold ist erleichtert. Endlich hat er das Bild in seinem Kopf gefunden, wonach er schon so lange angestrengt gesucht hat. Und darüber freut er sich so sehr, dass er langsam seine Augen öffnet.

Neben ihm, auf der Bettkante sitzt seine Mama. Sie hält Leoholds Hände und sagt leise, „hallo Leo, bist Du wieder da"? Leo braucht eine Weile, und dann nickt er. „Schau mal", sagt Elisabeth, „was hier neben deinem Bett steht. Das hat der Björn für dich hingestellt". Leo hebt mit Elisabeths Hilfe seine Schulter aus dem Kissen, dreht langsam seinen Kopf und schaut zur Seite. Dann sinkt er auf sein Kissen zurück und sagt ganz leise und schon wieder auf dem Weg in seine ganz eigenen Welt: „Meine Weihnachtsgans". Oh, oh, denkt Elisabeth, der Arme, der ist ja noch völlig durcheinander. Woher auch sollte sie wissen, wie Leoholds Weihnachtsgans aussieht? Schließlich war ja nur ihr Kochlöffel dabei!

Der traurige Teddybär

Tante Lisa hat einen Nusskuchen gebacken und bereitet sich auf einen gemütlichen und feierlichen Kaffee vor. Dazu hat sie einen guten Grund. Sie wird siebzig. Und sie backt leidenschaftlich gerne Kuchen. Hinzu kommt, dass sie ihre Freundinnen -mit denen sie immer viel Spaß hat- eingeladen hat. Wenn die Damen zu Besuch kommen, geht es so richtig los. Sie erzählen sich die neusten Witze und lachen über Dinge, worüber andere nur müde ihre Augen verdrehen. Der Tante Lisa ist die Gesellschaft der Damen heilig. Da sollte ihr mal Irgendwer in die Quere kommen. Da kann sie richtig böse werden. Tante Lisa hat auch noch andere Leidenschaften. Das aber behält sie lieber für sich. Sie meint, dass man sich nicht so vor tun sollte. Gute Taten, so sagt sie, werden nicht besser, wenn man davon erzählt. Tante Lisa kümmert sich um die herrenlosen Katzen, die in der alten Burgruine ihr Dasein fristen. Sie ist eine von den grünen Dame in der nahe gelegenen Klinik, und sie schreibt an alle möglichen Zeitschriften Leserbriefe gegen das –wie sie meint- leichtfertige Gerede ihrer Mitbürger. Damit ist sie voll ausgebucht. Da bleibt ihr gerade noch Zeit für ihren täglich einstündigen Marsch durch den Wald. Und um gerade noch so ihre Hausarbeit zu erledigen.

Auf Tante Lisas Sofa liegt ihr Teddybär. Der hat sich schon vor Jahren dort einquartiert. Genau genommen, seit Friedo verstorben ist. Friedo war Tante Lisas Mann. Der Teddy heiß Teddy und kennt die Tante schon mindestens 10 Jahre. Zuvor gehörte der Teddy zu Björn. Björn ist der Sohn von Tante Lisas Patenkind Elisabeth. Björn hatte der Tante den Teddy zur Erinnerung an ihn dagelassen, als er mit seiner Mama -und seinem kleinen Bruder Leohold- nach Kanada gezogen ist.

Als nun die Tante das Kaffeegeschirr auf den Tisch stellt, da schaut der Teddy sie an und sagt zu ihr: „Setz Dich doch einen Augenblick zu mir". Die Tante stoppt ihren Schritt, und schaut den Teddy an. Und obwohl die lustigen Damen bald vor ihrer Türe stehen würden, setzt sie sich hin und nimmt den Teddy auf ihren Schoß. Sie schaut ihn an und es kommt ihr vor, als sei der Teddy etwas traurig. Das will Tante Lisa aber nicht glauben. Wie kann denn ein Stofftier traurig sein? Schon will sie ihn wieder absetzten und aufstehen, da sagt der Teddy: „Bleib noch und halte mich fest." Tante Lisa traut sich nicht aufzustehen. Es war ihr, als wollte der kleine Teddy ihr etwas Wichtiges sagen. Irgendwie aber, findet sie das ganze doch ziemlich albern. Aber sie bleibt sitzen und schaut den Teddy ganz fest an. Und jetzt sieht der Teddy noch trauriger aus als zuvor. Leise sagt er: „nimm mich doch zu Dir und halte mich lieb". Das ist Zuviel für die Tante. Sie legt den Teddy ganz schnell neben sich und macht sich an der Tischdecke zu schaffen, obgleich es da nichts zu schaffen gibt. Dann geht Tante Lisa in die Küche und kommt nach einer Weile mit ihrem Kuchen zurück. Den Kuchen stellt sie so auf den Tisch, dass sie den Teddy nicht anschauen muss. Das wiederum kommt ihr nun ebenso albern vor. Warum sollte sie sich vor dem

Teddy verstecken? Also, dreht sie sich zu ihm hin, als wolle sie ihm zeigen, dass sie sich von einem Stofftier nicht beeinflussen lässt. Und jetzt schaut der Teddy aus, wie ein kleines hilfloses Kind, das man einfach so in die Ecke geworfen hat. Und da hört Tante Lisa sich sagen. „das sieht ja schrecklich aus, ich setz dich mal gegen das Kissen. Und was anders anziehen könnte ich Dir auch". Dann tippt sie sich mit ihren rechten Zeigefinger an ihre Stirn und sagt zu sich: „Lisa, du spinnst! Jetzt sprichst Du schon mit dem alten Schlumpelbär".

Nun erinnert sie sich an Björn und sieht ihn vor sich, wie er mit dem Teddy spricht. „Papperlapapp, Björn war ja noch ein Kind und ich werde gerade 70" sagt sie und bewegt ihren Kopf, als wolle sie ihr Gedanken um den Teddy da hinaus schütteln. Und wie sie die Fußtritte und das Stimmengewirr von Elli, Elfi, und Elvira aus dem Treppenhaus vernimmt, ist ihr das gerade recht. Sie eilt zur Türe, öffnet sie und geht den Dreien entgegen. Laut und lachend begrüßen sie sich. Zehn Minuten später kommen auch die Lotti und die Lilo. Alle setzen sich an den schön gedeckten Tisch und Tante Lisa schneidet den Kuchen an. Elli schenkt den Kaffee aus. Dann singen sie der Tante ein Geburtstagslied. Und wie sie singen: „wie schön dass Du geboren bist, wir hätten Dich sonst sehr vermisst" wird es Tante Lisa ganz seltsam zumute. Sie bekommt das Gefühl, als säße ein dicker Klos in ihrem Hals, und sie traut sich kaum zu Atmen.

Lotti sitzt der Tante genau gegenüber und bemerkt, dass Lisa heute anders ist als sonst. Lotti ist Lisas beste Freundin und sie bemerkt sofort, wenn Lisa etwas bedrückt. Lisa versucht, sich nichts anmerken zu lassen, nimmt ein Stück Kuchen und beginnt zu essen. Sie sieht, dass Lotti sie anschaut. Sofort wendet sie ihren Kopf zur Seite. Da streift sie den Blick von Teddy und glaubt, er habe Tränen in seinen Augen. Weil das aber nicht sein kann, sagt sie schnippig und mit erhobener Stimme: „Stellt Euch mal vor, ich habe heute mit dem Teddy gesprochen und der hat mir geantwortet". Alle, außer Lotti, lachen laut und nehmen Lisas Witz zum Anlass, ihrerseits Witze zu erzählen.

Sie spielen dann einige Runden Kanaster und gegen 22Uhr machen sich die Damen auf den Heimweg. Lotti geht als letzte und sagt zu Tante Lisa, dass sie zu Hause mit ihrer Puppe spricht. „Das kann sehr hilfreich sein" sagt sie.

Tante Lisa ist irritiert und verlegen. Sie weiß nicht, was sie sagen soll und nickt nur mit dem Kopf. Lotti winkt ihr nochmals zu und verlässt das Haus. Tante Lisa setzt sich in den Sessel, atmet einmal tief durch und denkt darüber nach, was Lotti gesagt hat. Aber es kommt ihr immer noch albern vor, mit einem Stofftier zu sprechen. Sie steht auf und geht langsam in Richtung Bad, denn sie ist Müde und will schnell in ihr Bett. Da klingelt das Telefon und am anderen Ende der Leitung ist Kanada. Elisabeth wünscht ihrer Tante alles Gute zum neuen Lebensjahr und lässt sich mindestens dreimal bestätigen, dass es Tante Lisa auch wirklich gut geht. Auch Björn gratuliert der Tante Lisa zum Geburtstag und fragt nach dem Teddy. Er sagt zu Tante Lisa, dass er, obwohl er schon über fünfzehn ist, einen neuen Teddy hat. Und der heißt Bär. Tante Lisa bedankt sich für die Geburtstagsgrüße und verabschiedet sich von Elisabeth und Björn. Nachdenklich geht sie zuerst in ihr Bad und danach in ihr Bett. Aber, sie holt noch den Teddy, setzt ihn auf ihren Bauch und schaut ihn lange Zeit an. Sie sieht, dass er ganz müde ist und darüber schläft sie ein. In der Nacht träumt sie von ganz vielen Teddys und Bären und von einem Nusskuchen auf dem sieben Kerzen stehen und den Raum ganz hell erleuchten. In der Türe steht Leohold in Feuerwehruniform und trommelt. Tante Lisa beginnt zu weinen, und sie weint so sehr, dass sie aufwacht. Und dann weint sie weiter und weiter und das Weinen, es will nicht nachlassen. Da hilft ihr auch nicht, dass sie das Bild von dem kleinen Leohold schon vor einiger Zeit von Ihrem Nachttisch genommen hat. In ihrer Phantasie sieht sie einen großen See und am Strand, ganz nahe am Wasser liegt Leohold. Warum nur hat ihm niemand geholfen? „Warum, warum, warum" sprudelt es aus ihr heraus. Und ihr Schmerz ist so groß als wolle er ihr das Herz zerreißen. Mit überkreuzten Armen, die Hände zu Fäuste geballt, versucht Tante Lisa sich zusammenzuhalten. Um ihre Töne zu ersticken, drückt sie ihr Gesicht fest in das Kopfkissen. Fast überhört Tante Lisa die Hausklingel. Lotti ist, wie von einer Ahnung getrieben, nochmals zurückgekommen. Sie setzt sich neben Tante Lisa und fragt sie, ob sie von ihr gehalten werden möchte. Tante Lisa schüttelt ihren Kopf. Sie schämt sich dafür, dass sie, wie ein kleines Mädchen weint. Lotti erzählt ihr von einem Buch das sie gelesen hat. Es heißt: „Auf der Suche nach den Regenbogentränen". Darin treffen sich zwei Kinder nach der Schule und erzählen sich ihre traurigen Geschichten. Darüber vergessen sie die Zeit und gelangen an ein seltsames Häuschen aus dem eine freundliche Stimme sie einlädt hereinzukommen. Das tun sie auch. Dort lernen sie ein Fabelwesen kennen, das Tränchen heißt. Dieses Fabelwesen findet es sehr seltsam, dass die Menschen in ihrem Wohnzimmer sitzen, wenn sie lachen, und in den Keller gehen, wenn sie weinen. „Ich hab´s halt nicht gelernt, mich so zu zeigen", sagt Tante Lisa. „Mir fällt es auch schwer mich zu zeigen, wenn ich traurig bin. Mir kommt es immer so vor, als mag mich dann niemand", antwortet Lotti, „und das, obwohl ich das Tränchen kenne und ein Trauerseminar mitgemacht habe." „Ich habe keine Angst", sagt Tante Lisa, „dass andere mich nicht mögen, wenn ich weine. Aber, wenn sie mir dann ihre Zuneigung zeigen, wird es nur noch schlimmer und das will ich nicht". Lotti und Tante Lisa trinken noch Tee zusammen und reden weiter über sich, über Gott und über die Welt, bis ins Morgengrauen. Und dann nehmen sie sich vor, sich gegenseitig zu verabreden, wenn es ihnen gut geht, aber auch, wenn es ihnen schlecht geht. „Dann", so sagt Lotti, „braucht der Teddy auch nicht mehr so oft traurig sein".

Drei Monate später nimmt auch Tante Liesa an einem Trauerseminar teil. Dort verabschiedet sie sich von dieser erstmal vielversprechenden aber doch verrückten Idee, Leohold loslassen zu müssen. Statt ihn loszulassen, ihn also -um diesen Schmerz nicht mehr zu fühlen- quasi aus ihrem Leben rauszunehmen, verabschiedet sie sich von der Idee, er müsse noch da sein. Wie denn, kann sie sich noch an ihre Tage mit Leohold erfreuen, wenn sie ihn aus ihrem Leben herausnimmt? Nunmehr steht auf ihrem Nachttisch wieder das Bild von dem kleinen Leohold. Ein Bild mit ihr zusammen hängt in ihrer Stube, und ein weiteres Bild von ihm, hängt in ihrer Küche. Ihre Trauer und ihr Schmerz reicht nunmehr nicht mehr aus, alle Erlebnisse mit Leohold, aus ihrem

Leben rauszunehmen. Nun denkt sie auch gerne an Leohold. Und der Teddy zwinkert ihr nun auch schon mal zu.

Zappelphilipp

Wer hat nicht schon mal vom Zappelphilipp gehört! So auch die Mutter des kleinen Karim. Und weil ihr Söhnchen nicht still sitzen kann und alle weil kurzerhand etwas vom Tisch räumt, nennt sie ihn Zappelphillipp. Und das sagt sie auch, wenn sie ihm seinen Schlafanzug anzieht, oder wenn er schon still im Bett liegt und seine Augen kaum noch offen hat. „Gute Nacht Zappelphilipp" sagt sie und geht raus. Karims Papa, der Eric, der mag auch nicht, wenn der Karim so rumzappelt. Deshalb hängt er ein Bild von dem Zappelphilipp an die Türe des Kinderzimmers. Damit nicht genug! Er schneidet aus einem Foto den Kopf von Karim raus und klebt ihn auf den Kopf von dem Zappelphilipp. Jetzt weiß jeder in der Familie, und dazu gehören auch die Großeltern, dass der Karim Zappelphilipp heißt. Tante Lisa ist die einzige, die in beharrlichen Karim nennt. Und weil es den Eltern gar zu gut gefällt, das schöne Bild an der Zimmertüre, lassen sie es ver- kleinern und vervielfältigen und basteln daraus Einladungskarten für Karims dritten Geburtstag. Auf der Rückseite steht groß: Zap- pelphilipp freut sich, wenn Du zu seinem Geburtstag kommst. Zu Zappelphilipps alias Karims Geburtstag sind dann auch alle gekommen, die solch eine Karte erhalten haben. Und anderes noch dazu. Das erste aber, was Karim nach Eröffnung der Tafel macht, er fegt mit seinen Armen alles vom Tisch, was in seiner Nähe steht. Dann kippt er in ganz klassischer Weise, sozusagen Bilderbuchartig nach hinten weg und nimmt die Tischdecke mit nach unten. Und mit ihr, all die schönen Leckereien nebst dem Bohnenkaffe für die Großen. Es ist passiert, wovor Mama Wal- traut und Papa Eric schon vor Wochen gezittert haben. Schlim- mer noch! Während Karims Eltern wie erstarrt auf der Stelle stehen und keinen Laut herausbringen, spielen die ersten klein- en Gäste bereits, laut schreiend, unter der Tischdecke verstec- ken. Andere plärren als bekämen sie fürchterliche Prügel, und wieder andere laufen in der Stube umeinand als wären sie auf dem Fußballplatz. Eleonore, Karims Kusinchen, steht breitbeinig in ihrer Pfütze. Und damit das niemand sieht, hält sie sich ihre Händchen vor ihren Augen. Wuschel, der dreijährige Berna Sen steht mit den Hinterpfoten im Kirschkuchen, während er seine Vorderpfoten eifrig von der Sahne befreit. Karim sitzt unterm Tisch und vertilgt genüsslich von der Schwarzwälder Torte, die ihm geradewegs in den Schoß gefallen ist. Jetzt ist er das ruhigste Kind auf der Welt, das ein jeder sich nur vorstellen kann. Ein rechtes Gaudi für die einen, ein Unglück erster Sorte für die anderen.

Am nächsten Tag, die Spuren der frohen Feier sind nicht zu übersehen, rückt ein ganzer Trupp Bauarbeiter an, um den Schaden zu beheben. Eric hat die halbe Mannschaft seiner Firma ins Haus beordert, damit am Abend alles bereinigt ist. Denn, er will einige wichtigen Kunden zu einem Geschäftsessen empfangen und ihnen sein Modell vom neuen Gemeindehaus vorstellen. Karim jedoch, rennt so aufgeregt zwischen den Farbtöpfen umeinander, dass das Paulchen, der Lehrling des Betriebes, dazu abgestellt wird, auf ihn aufzupassen. Der aber kann nicht mal so schnell schauen, wie der Karim von einer Ecke in die andere flitzt. Und schon erwischt der Karim einen Farbtopf und kickt ihn die Treppe abwärts. Auf der dunkelrötlichen Mahagonitreppe gibt es jetzt große und kleine, hellgrüne Flecken. Ein rechtes Kunstwerk, im Vergleich zu Boysens Butterfleck. Der teure Teppich aus Persien am Ende der Treppe sieht aus, wie eine billige Unterlage für geplante Bauarbeiten. Paulchen durchfährt es heiß in der Magengegend und für eine Weile steht er da wie angewurzelt. Dann aber überkommt ihn Panik und er flitzt ohne auch nur einen Augenblick zurück zu schauen, durch die Farbmuster hindurch die Treppe runter in Richtung Ausgang und wurde von da an nicht mehr gesehen. Bestandsaufnahme: Es gibt eine teure Mahagoni Treppe die vollkommen versaut ist. Es gibt einen Dollarschweren Perserteppich, der reif für den Sondermüll ist. Es gibt einen Hund namens Wuschel, dessen Fell mit kleinen grünen Handabdrücken gemustert ist. Es gibt einen Trupp Bauarbeiter, der vergnügt in der Küche beim Frühstück versammelt ist, während Mama Waltraut im Schlafzimmer mit dem Schornsteinfeger erregt philosophiert. Es gibt ein fast grünes Männlein, das vergnügt –in jeder Hand einen Pinsel- Papa Erics Gemeindehausmodell bearbeitet.

Aus der inzwischen ebenfalls grüngefleckten Musikanlage, ertönt Roberto Blanko mit seinem Hit, „Ein bisschen Spaß muss sein". Zu alldem tropft auch noch Wasser von der Decke, weil der liebe kleine Karim, wie er es bei den Großen gesehen hat, den Pinsel im Waschbecken ins Wasser gestellt hat. Allerdings, ohne den Wasserhahn zu schließen.

Von einem Chaos jedoch, ist noch nicht zu sprechen. Noch nicht. Denn fleißige Hände haben, soweit es ging, alles wieder zurechtgerückt. Das Chaos beginnt in der Nacht, nachdem der letzte Gast das Haus verlassen hat und Eric ruhig wie ein stillgelegter Vulkan eine Stunden lang auf sein grünes Modellhaus gestarrt hat, und endlich glaubt, dass dieses Gemeindehaus nie gebaut wird. Auch Waltrauts Versuch, ihn in ihren Schoß zu nehmen, ist vergebens. Dem sanften Blues von Hooger, der bis dato in schwierigen Zeiten immer sein Herz erreicht hatte, folgt das Zerbersten der Musikanlage. Kerzen, die Waltraut in bester Absicht und gleich ihrer ersten Liebesnacht mit ihm, aufgestellt hat, halten seinem Toben nicht stand. Und als wollte das Licht sich für solcherlei Missachtung rächen, verschenkt es sich an die schweren Vorhänge, die nun ihrerseits, ihr Licht großzügig weitergeben. Und weil er gar so arg besessen ist, wirft er alles ins Feuer, was er zu packen bekommt. Auch das Telefon. Und gäbe es keine Bank, die ein Teil seines irdischen Vermögens aufbewahrt, er stünde vor dem Nichts.

Die Villa ist ausgebrannt, Waltraut liegt mit einem gebrochenen Arm und einigen Brandblasen im Hospital zum heiligen Geist. Eric sitzt fast unverletzt in der geschlossenen Abteilung eines psychiatrischen Krankenhauses, und starrt aus dem Fenster, als gäbe es nichts anderes mehr in seinem Leben, als in die Leere zu schauen.

Home sweet home! Trautes Heim, Glück allein! Das galt in dieser Zeit nur für Karim. Ihn hatten seine Eltern vor diesem Desaster -zur Strafe für seine Zappelei- bei Tante Lisa abgegeben. Bei Tante Lisa fühlt er sich wohl, der Karim. Und er ist ein

Glückskind. Ein Glückskind von Glückseltern. Denn, drei Monate später leben sie wieder unter einem Dach in einem zwar kleineren aber gemütlichen Häuschen. Eric hat sechs Wochen in einer Fachklinik für Psychosomatik verbracht und anschließend noch drei Wochen in einer Kurklinik am Meer. Waltraut hatte für diese Zeit die Leitung seiner Firma übernommen und sich um die neue Bleibe gekümmert. Und Karim heißt nunmehr Karim.

Das Osterfeuer

Kommandeur, Kapitän Gelb von der Intergalaktischen Schutzpatrouille hat sich in ein kleines Dorf des Planeten Erde gebeamt. Durch eine Störung im Kommunikationssystem seines Raumschiffes Christus II, erhielt er eine Anzeige, dass in diesem Dorf um 17 Uhr ein Osterfeuer gezündet wird. Und das will er sich nicht entgehen lassen, denn im Weltkundeunterricht auf seiner Raumstation hat er gehört, dass viele Menschen auf der Erde alljährlich ihre Freude darüber zum Ausdruck bringen, dass einer ihrer Brüder ihnen gezeigt hat, wie sie den Tod Überwinden können. Und es ist nicht nur die Neugierde auf dieses Fest, die Kapitän Gelb aus seinem Schiff treibt. Er spielt mit der Phantasie, er könne da eventuell einen schönen Mann treffen. Er hat -in punkto Liebe- ein Faible für auswärtige Wesen. Kapitän Gelb erscheint pünktlich um 17Uhr auf dem Festplatz des etwa fünfhundert Seelen zählenden Dorfes. Das Feuer wird gerade angezündet. Ein drei Meter hoher kegelförmiger, fein gestapelter Holzhaufen soll bis spät in die Nacht brennen. In gebührenden Abstand zum Feuer sind U-förmig Sitzbänke für die älteren Bürger aufgestellt. Das ist für Kapitän Gelb leicht zu erkennen, denn diese Bänke sind fast alle schon besetzt. Die wenigen jungen Leute des Dorfes stehen auf dem Platz verteilt. Andere werden wohl etwas später kommen, vermutet Kapitän Gelb.

Am Rande des Festplatzes gibt es eine zweite Feuerstelle, an der ein Mann die Speisen zubereitet. Zwei Frauen geben Getränke aus. Viele Menschen haben sich in Zweier, Dreier oder Vierergruppen zur Kommunikation zusammengefunden. Einige Kinder spielen mit einem Ball, andere fahren mit einem Fahrrad und üben das Bremsen.

Obwohl Kapitän Gelb sich mit seinem gelben Shari von den Dorfbewohnern sehr unterscheidet, findet er kaum Beachtung. Nach einer Weile des Zuschauens, glaubt er sich fast in einer Theateraufführung. Es kommt ihm so vor, als seien alle Menschen in einer streng festgelegten Rolle unterwegs. Ihre Bewegungen erscheinen ihm mechanisch, sehr verlangsamt oder getrieben schnell. Und so gut eingeübt, dass er meinen könnte, diese Menschen hätten ihr ganzes Leben lang nichts anderes getan, als dieses Stück immer und immer wieder geprobt. Auch die Bewegungen in ihren Stimmen, sind dem Spiel voll angepasst. Selbst die Not eines Kindes, das sich im Streit mit anderen Kindern verletzt hat und sich laut brüllend zum Vater retten will, scheint zur Inszenierung zu gehören. Die Bewegungslosigkeit des Vaters, bringt die starke Bewegung des Kindes wieder in den Rahmen des Stückes. Eine Meisterleistung der Regie, denkt Kapitän Gelb und fragt sich, was das Stück zum Ausdruck bringen will. Das Stück könnte heißen: Wir machen die Zeit. Mehr noch ist Kapitän Gelb von dieser Kraft fasziniert, die von solch einer Aufführung ausgeht, denn er kann sich dieser Energie kaum entziehen. Er fühlt, wie auch er beginnt, seine Bewegungen zu kontrollieren. Und es kostet ihm Mühe, aktiv mitzuspielen. Er fragt ein etwa dreizehn jähriges Mädchen, warum sie Rauch in sich hineinzieht? Die schaut ihn an, als wolle sie keinen Kontakt mit Außerirdischen. Er fragt den Mann an der Feuerstelle, ob das Kartoffel oder Gemüsewürste sind. Auch der will nichts mit Außerirdischen zu tun haben. Die Frau, die die Getränke ausgibt, sagt zu ihm, „die weißen Würste sind vom Schwein und die roten vom Rind". Kapitän Gelb wird etwas blass um die Nase herum und will nicht glauben, was er gehört hat. Er fragt: „Sie essen Tiere?" „Normalo", sagt die Getränkefrau. Eine andere Frau sagt: „Wieso? Sehen sie an der Wurst etwa vier Beine?" Ein Mann mit einem so dicken Bauch, dass er seine Füße nicht sehen kann, sagt: „Will die Tante Stunk machen? Die gehört doch ins Weltall geschossen." Und alle umstehenden Menschen lachen. Ein anderer Mann mit einem noch kräftigeren Bauch, stellt sich vor Kapitän Gelb, pfurzt laut gequält und sagt: „Sei froh, dass ich eine so

gute Körperbeherrschung habe, sonst hätte ich oben raus geschossen."

Kapitän Gelb wundert sich über dieses Osterfeuerfest. Und
bevor er sich wieder zurück beamt, geht er an den Rand des
Festplatzes und sieht dem Spiel noch einige Minuten zu. Kein
schönes Spiel denkt er, viele Menschen sehen ziemlich traurig
aus. Viele ziehen Rauch in sich hinein, und viele sind so dick,
dass sie gut wären, für die Titelseite des Intergalaktischen Blat-
tes für Kurioses aus aller Welt.

Nach seiner Ankunft in der Raumstation, berichtet er dem Rat
für auswärtige Angelegenheiten, was er erlebt hat. Einige Mitglieder des Rates verstehen nicht, warum die Menschen die
Botschaft von Bruder Jesus feiern, aber keine rechte Freude daran haben. Einige erklären diesen Widerspruch damit, dass der
Widersacher des Meisters, die Feder der Protokollanten gelenkt
haben muss, was unter den Erdenbewohnern große Verwirrung
gestiftet hat. Geschichtskundige Mitglieder behaupten, dass die
Widersacher sich erst viel später die Schriften unter den Nagel
gerissen haben, um sie in ihrem Geist zu verfassen. Die Mitschüler der soziologischen Ecke waren der Ansicht, dass es
diesen Widersacher wohl gibt, er habe sich aber erst mit den Gesellschaftlichen Strukturen manifestiert und blockiere so die
Nachahmung. Die Schüler aus der Abteilung für Humanpsycho-
logie sind ebenfalls für die Widersacher Theorie. Meinen aber,
der Widersacher befände sich in der Psyche der Menschen und
wäre schlussendlich nichts anderes als die Abwehr gegen die
Selbsterkenntnis. Über diesen Beitrag bricht eine große Diskus-
sion darüber aus, wie denn den Menschen geholfen werden
kann. Und darüber diskutieren die nunmehr bereits im zehnten
Intergalaktischen Sonnenmondjahr.

Der Anrufbeantworter

Opa Heinze sitzt in seinem Schaukelstuhl unter dem kleinen Vordach seiner kleinen Holzhütte und denkt so über das Leben nach. Das scheint seine Lieblingsbeschäftigung zu sein. Und wie so oft, schläft er dabei ein. Rechts und links neben ihm, auf dem Steinboden, liegen seine Bücher. Die braucht er, damit er besser nachdenken kann. Nicht, dass er keinen Tisch hätte. Da aber liegen bereits seine anderen Nachschlagewerke, wie er all seine Bücher gerne nennt.

Weil Opa Heinze einen breiten und ziemlich verzottelten Bart trägt, nennen einige seiner Nachbarn ihn, den Philosophen. Und immer, wenn er das zu hören bekommt, bringt er all seine Latein-kenntnisse an und sagt: „Barba non Philosophum." Was heißt, das ein Bart noch keinen Philosophen macht.

Andere Nachbarn nennen ihn den Chaoten, weil es auf sei-nem Grundstück aussieht, wie auf einer Baustelle. Da steht schon ewig der Betonmischer mal da und mal da und mal da. Da liegen oder stehen ordentlich verteilt seine Werkzeuge herum, als wäre da ein ganzer Bautrupp beschäftigt. Zu sehen aber ist nur Opa Heinze. Und der Karl. Der Karl, das ist der Kater von nebenan. Einige Dorfbewohner bringen Opa Heinze –mal ganz ernsthaft, und mal mehr, mal weniger mit einem ironischen Unterton- als Künstler ins Gespräch. Opa Heinze glaubt, dass Kunst sich entweder dadurch auszeichnet, dass der Betrachter eines Werkes, in einem anderen Zustand geht, als er gekommen ist, oder, wenn der Schaffende sich in seinen Werken erkennen kann.

Heute bekommt Opa Heinze Besuch von seinem Enkel Oliver und seiner Enkelin Heidi. Die kommen aus Kanada. Natürlich nicht alleine, die sind ja erst zehn. Ihre Mama, die gleichzeitig die Tochter von Opa Heinze ist, begleitet die Zwei. Ihr Papa, der gleichzeitig der Mann von ihrer Mama ist, kann nicht mitkommen, der ist im Krieg. Der ist eben nicht nur Papa und Ehemann und Bruder von seinem Bruder, und Sohn von seiner Pflegemama, und Onkel von seiner Nichte, und Freund vom Kanadischen Außenminister, und Bauingenieur, und Olympiasieger in 100 Meter Kraulen, sondern auch Soldat. Kein einfacher Soldat. Nein, das ist er nicht. Er ist Oberstleutnant und trägt ganz viele Orden an seiner Uniformjacke. Mama sagt zu Oliver und Heidi, dass es gut ist, dass der Papa einen so hohen Dienstgrad hat, da seien die Chancen gut, heil wieder nach Hause zu kommen.

Opa Heinze war auch bei den Soldaten. Er war nur ein einfacher Gefreiter. Und der hat auch keine Orden verliehen bekommen. Dafür hatte er das Glück, dass seine Armee, in keiner kriegerischen Auseinandersetzung verwickelt war.

Opa Heinze will noch vor Ankunft der kleinen Dreiviertelfamilie seine Bude putzen und Kuchen backen. Außerdem will er auch noch einkaufen, damit genug zu essen im Hause ist. Und weil er weiß, dass er beim Nachdenken oft einschläft, hat er sich einen Wecker hingestellt. Und der reißt ihn, wie bestellt, aus seinen Träumen. Ein sehr verlässliches Gerät, denkt Opa Heinze. Wenn ich nur nicht so oft vergessen würde, das Ding aufzuziehen. Er lehnt sich noch einmal zurück, schließt seine Augen und sieht, wie er jeden Abend pünktlich um Zweiundzwanzig Uhr den Wecker aufzieht, sich schlafen legt, morgens immer zur gleichen Zeit aufsteht und immer zur gleichen Tageszeit sein Frühstück und das Mittagsmahl einnimmt. Er sieht, wie er an einem festgelegten Tag in der Woche seine Wäsche bügelt und sein Haus putzt, und wie er seinen Garten in Ordnung hält. Der Rasen ist gemäht, die Blumen blühen, seine Beerensträucher sind vom überwachsenden Grün befreit, und den Wespen, denen hat er einen anderen Platz zugewiesen, damit er in Ruhe lesen, schlafen und die Sonne genießen kann.

Diesen Traum, sagt er sich, werde ich mir in diesem Leben wohl nicht mehr erfüllen können. So, als sei er davon überzeugt, dass wir Menschen mehrerer Leben haben.

Opa Heinze erledigt alles, was er erledigen wollte und wartet auf den Anruf seiner Tochter. Er will sie am Flughafen abholen. Es ist bereits neunzehn Uhr und sein Telefon hat noch nicht geklingelt. Eigentlich, müssten die längst da sein. Er ist ziemlich aufgeregt und sein Herz schlägt kräftig und viel schneller als sonst. Anstelle des Telefons, klingelt die Hausschelle. Opa Heinze geht zur Türe, öffnet sie und vor ihm steht seine Tochter Mirjam, der Oliver und die Heidi. Sie sind mit dem Taxi gekommen. Opa Heinze weiß gar nicht, wen er zuerst begrüßen will. Am liebsten nähme er sie alle drei auf einmal in seine Arme. Mirjam kommt ihm zuvor und umarmt ihn so fest, dass er kaum noch atmen kann. Und das ist ihm gerade recht. Da kann er gut seine Tränen zurückhalten. Die nämlich zeigt er nicht so gerne. Oliver schaut ihn neugierig an und streckt ihm zur Begrüßung seine Hand entgegen. Opa Heinze schaut ihn ebenfalls neugierig an und streckt ihm seinerseits seine Hand entgegen. Doch dann ziehen sie beide, wie auf Kommando, ihre Hände zurück, stehen ganz aufrecht, schlagen ihre Hacken zusammen und reißen zum Gruß, ganz militärisch die rechte, flache Hand an ihre Schläfe. So hatten sie sich vor zwei Jahre, als Opa Heinze sie in Kanada besucht hatte, voneinander verabschiedet. Jetzt lachen beide und umarmen sich. Heidi steht etwas abseits und weiß nicht, wie ihr geschieht. Sie hat sich gewünscht, dass Opa Heinze sie als erste begrüßt. Ist sie doch Opa Heinzens Ein und Alles. Opa Heinze entgeht das nicht. Er kennt seine Heidi gut. Er nimmt sie an die Hand, geht mit ihr in die Küche und sagt: „schau Dich mal um". Und das tut sie. Es dauert nicht lange, da fängt Heidi an zu lachen und umarmt ihren Opa Heinze.

Heidi hatte dem Opa Heinze in Kanada zwei Jahren zuvor gezeigt, wie gehäkelt wird und sie hatten ausgemacht, dass er das zu Hause üben sollte. Jetzt hängen und liegen da nicht nur eine Menge selbst gehäkelte Topflappen. Nein, auch die Eierwärmer, die Tischdecke, die Sitzkissen auf der Eckbank und die kleinen Vorhänge am Fenster hat Opa Heinze gehäkelt. Ja, sogar Mirjams alte Puppe hat ein gehäkeltes Kleidchen an. Und alles ist aus königsblauer Wolle. Blau mag Opa Heinze eben am liebsten. Nach dem Abendbrot setzt Opa Heinze sich in den Sessel und schaut sich die Bilder an, die Mirjam ihm mitgebracht hat. Mirjam nimmt ein Bad und hört dabei Opa Heinzens neuste Entspannungs- CD. Oliver Und Heidi warten darauf, dass das Bad bald frei wird. Sie sind ziemlich müde.

„Opa", fragt Heidi „warum isst Du kein Fleisch? Schmeckt Dir das nicht?" Opa Heinze schaut auf und sagt: „ja das schmeckt mir nicht." Oliver sagt: „mir schmeckt das Gemüse nicht und ich muss es trotzdem essen". „Ja Gemüse", antwortet Opa Heinze, „das brauchen wir Menschen. Fleisch dagegen nicht." „Papa hat aber gesagt", ruft Heidi, „dass die Menschen Fleisch brauchen". Opa Heinze legt seine Bilder zur Seite, richtet sich auf und sagt: „Da gibt es nichts zu diskutieren. Dein Papa hat eine andere Meinung als ich sie habe. Er isst Fleisch und ich esse kein Fleisch. Das können wir doch so lassen, oder?" „Und wer hat Recht?" Fragt Heidi. „Das weiß der liebe Gott". antwortet Opa Heinze. Einen Augenblick lang ist es still, und dann sagt Heidi: „den lieben Gott können wir aber nicht fragen". „Warum nicht", fragt Opa Heinze? Heidi Antwortet: „der Liebe Gott, sagt Mama, ist wie ein Anrufbeantworter, der verspricht zurückzurufen, tut es aber nicht. Und Papa sagt, es gibt kein Telefonbuch in der die Nummer von dem lieben Gott steht." „Ja so ein Telefonbucht", meint Opa Heinze „kann es ja auch nicht geben, weil Gott keine Telefonnummer hat, sondern nur Buchstaben". „Und wo gibt es das Buchstabentelefonbuch und das Buchstabentelefon", erwidert Oliver. „Das gibt es auch nicht", sagt Opa Heinze. „Dafür gibt es aber die Schriften, die uns Antworten geben können. Außerdem können wir um Antworten bitten". „Ach Opa, Du verstehst überhaupt nichts". sagt Oliver, „so bekommen wir doch keine Antwort." „Ja da muss man schon ziemlich gut hinhören, und das will gelernt sein", sagt Opa Heinze. „Ich laufe jetzt schon so lange auf unserer Erde herum und habe es immer noch nicht richtig gelernt. Und manchmal, da will ich auch nicht richtig hinhören, da habe ich Angst, dass ich Antworten bekomme, die mir nicht gefallen."

Mirjam kommt aus dem Bad und beendet kurzer Hand die Religionsstunde, wie sie das nennt, wenn ihr Vater über solche Dinge spricht. Sie schickt ihre Kinder ins Bad, geht ins Schlafzimmer und räumt die Kleidung aus den Koffern in den Schrank. Als die große Standuhr im Treppenhaus die dreiundzwanzigste Stunde anschlägt, fallen alle müde in ihr Bett. Außer Opa Heinze. Der nimmt sich eine warme Decke, geht unter das kleine Dach, seiner kleinen Holzhütte, mummelt sich in seinen Schaukelstuhl ein und will den Tag nochmals in Ruhe vor sich vorbeiziehen lassen. Aber es dauert nicht lange und Opa Heinze schläft ein. Und er beginnt das Träumen. Er befindet sich in der Fernsehsendung bei Pfarrer Jürgen Fliege und wartet im Publikum auf seinen Auftritt. In der Sendung geht es heute um besondere Berufe und Herr Fliege sagt: „Ich habe für diese Sendung einen Mann eingeladen, der hat einen Beruf, meine Damen und Herrn, da kommen sie niemals drauf. Der ist nämlich, ach nein, das soll er ihnen doch lieber selbst sagen, sie werden es nicht glauben." Herr Fliege geht zu Opa Heinze und sagt: „Herr Heinze ich begrüße sie, kommen sie doch mit nach vorne auf die Bühne, da können wir ein wenig miteinander plaudern." Opa Heinze geht mit Herrn Fliege auf die Bühne und dort setzen sie sich auf die blaue Studiocouch. Herr Fliege sagt: „Nun Herr Heinze, verraten sie dem Publikum und unseren Zuschauern an den Bildschirmen, welchen Beruf üben sie aus." Opa Heinze sagt: „Ich bin ein Anrufbeantworter" „Ein Anrufbeantworter!" wiederholt Herr Fliege. „Haben sie das gehört?" fragt er das Publikum und wiederholt nochmals: „Ein Anrufbeantworter!" Die Leute im Publikum lachen. Einige ganz leise, andere herzlich laut. Herr Fliege wendet sich dem Opa Heinze zu und sagt. „Herr Heinze, erzählen sie uns doch bitte, was für ein Beruf ist das, ein Anrufbeantworter? Und wie sind sie auf die Idee gekommen, einen so seltsamen Beruf zu erlernen." Opa Heinze sagt: „jeder kann mich anrufen und ich gebe eine Antwort." „Das ist doch bestimmt nicht einfach, da müssen sie ja alles wissen". sagt Herr Fliege. „Ja alles" sagt Opa Heinze, „kann ich nicht beantworten, ich bin ja nicht Gott. Aber, weil meine Tochter zu ihren Kindern sagt, dass Gott wie ein Anrufbeantworter ist, der nie zurückruft, bin ich auf die Idee gekommen, dem da Oben etwas unter die Arme zu greifen." „Glauben sie denn" fragt Pfarrer Fliege, „dass Gott unsere Unterstützung braucht?" „Fragen sie das mich oder den Anrufbeantworter?" will Opa Heinze wissen. Herr Fliege hebt seinen Zeigefinger und fragt: „Sind sie nicht eher ein Schelm als ein Anrufbeantworter?" „Vielleicht auch das", sagt Opa Heinze, „aber in erster Linie bin ich Anrufbeantworter. Wir können das hier mal eben nach spielen." „Darum wollte ich sie gerade bitten" sagt Herr Fliege, „denn sonst verstehen unsere Zuschauer nicht, wie so ein Anrufbeantworter arbeitet. Also nehmen wir an, ich habe ihre Nummer gewählt. Was bekomme ich zu hören?" „Sie hören dann eine Stimme, die sagt: Hier ist ihr örtlicher Universalanrufbeantworter, bitte geben sie nach dem Piepton ihre Telefonnummer an und stellen sie ihre Frage. Ich rufe sie gleich oder in einigen Tagen zurück. Mein Rückruf kostet sie 12 Cent pro Minute."

Herr Fliege wendet sich dem Publikum zu und fragt: „Meine Damen und Herren, möchte jemand von ihnen dem Anrufbeantworter eine Frage stellen? Angewählt ist er schon, und er kann ihnen gleich antworten." Sofort gehen einige Hände hoch. Herr Fliege geht mit seinem Mikrophon zu einem älteren Herrn mit weißem Bart und blauer Uniform und sagt: „ja bitte schön, stellen sie ihre Frage." Der ältere Herr fragt: „Warum schafft der Opa Heinze es nicht, Ordnung zu halten?" Sofort ertönt eine mechanische Stimme und sagt: bitte keine Namen, stellen sie ihre Frage noch einmal. Nach einigem Überlegen stellt der Herr in Uniform nochmals seine Frage. „Warum schaffen es einige Menschen nicht, Ordnung in ihr Leben zu bringen." „Es gibt Menschen" sagt der Anrufbeantworter, „die erkennen die Ordnung unserer Welt nicht und wenn sie dann die Ordnung der anderen annehmen müssen, fühlen sie sich von den anderen bestimmt und abhängig und dagegen wehren sie sich." „Ja, aber" beginnt der Herr mit den vielen grünen und gelben Orden an seiner Brust, „die müssen doch. einsehen." Wieder meldet sich die mechanische Stimme und sagt: „Keine Diskussionen bitte, stellen sie nur Fragen." Irritiert setzt sich der Herr mit der blauen Uniform wieder hin. Herr Fliege fragt, „will noch jemand eine Frage stellen?" Eine ältere Dame in einem blauen Arbeitskittel und einem blauen Putzeimer in ihrer Hand fragt: „Warum haben einige Menschen zu viel Ordnung? Die putzen immerzu ihre Wohnung oder waschen sich zwanzig Mal am Tage ihre Hände." „Es gibt Menschen" sagt der Anrufbeantworter, „die erkennen, die Ordnung unserer Welt nicht und sind gezwungen, ihre eigene Ordnung zu schaffen." „Eine Frage können wir noch zulassen" sagt Herr Fliege und geht mit seinem Mikrophon zu einem zehnjährigen Mädchen mit blauem Kleid, blauen Schuhen und einer blauen Mütze. „Was willst Du denn gerne wissen" fragt Herr Fliege sie. „Warum hast Du einen so großen Bart?" fragt das Mädchen. „Und warum müssen die Papas in den Krieg ziehen?" ruft das Mädchen dem Anrufbeantworter laut zu. „Ich habe so einen großen Bart sagt der Anrufbeantworter, damit ich besser denken kann. Und die Papas müssen in den Krieg ziehen, weil die Menschen die Ordnung unserer Welt nicht kennen, sie wehren sich gegen die Ordnung der anderen und wollen ihnen ihre eigene Ordnung lehren. Und schon ist der Krieg da" „Und wie" fragt die Zehnjährige weiter, „können die Menschen die richtige Ordnung lernen?"

Im Studio von Herrn Fliege beginnt es zu regnen und alle Zuschauer laufen hinaus. Die Mechanische Stimme des Anrufbeantworters ertönt und sagt: „bitte wiederholen sie ihre Frage, bitte wiederholen sie ihre Frage, bitte wiederholen sie ihre Frage." Pfarrer Fliege hat einen schweren Hammer in der Hand und will den Anrufbeantworter damit ruhig stellen. Und das macht den Opa Heinze hell wach. Er bemerkt, dass es auch hier regnet, schüttelt sich, gähnt ganz ausgiebig, steht langsam auf und schleicht sich in sein Bett. Schlafen kann er aber nicht. Er denkt darüber nach, was er dem Mädchen hätte antworten können.

Mutter Majaschah

Majaschah näht Kleider. Kleider so schön, wie sich´s kaum ein Mensch vorstellen kann, wenn er nicht wenigstens eines ihrer Werke zu Gesicht bekommen hat. Und noch keine Frau ist daran vorbeigegangen, ohne in ihrem Herzen davon berührt zu sein. Und weil Majaschah sieht, dass die Menschen sich freuen als seins kleine Kinder, und ganz hell werden von ihrer Seele, wenn sie ihnen ihre Tücher anlegt, spinnt sie die Idee, nicht eher zu ruhen, bis kein Schatten mehr die Taten der Menschen beflügeln. Tausend und ein Jahr lang nun näht sie ohne Verdruss eins nach dem anderen und hin und wieder auch zwei oder drei zur gleichen Zeit; und keins ist wie das Andere; jedes ist angetan, die dunklen Tage des Lebens mit Zuversicht zu tragen, und die hellen Tage zu mehren. Nun, da die Zeit gekommen ist, dass sie von den Dingen Abschied nehmen will, ruft sie ihre Töchter und spricht: „Morgen fahre ich nach Lotsch zu des Königs Advokaten, damit er im Buch der Anwesenden ein Kreuzlein hinter meinen Namen setzt. Sogleich werden meine müden Beine mich in den Rosengarten tragen. Dort lege ich meinen Körper danieder und gebe meine Seele frei. Freilich, es gibt noch viel zu tun. Doch gewiss findet sich rasch eine Näherin, die mein Werk zu dem ihrem macht.

Majaschahs älteste geht, küsst ihrer Mutter die Wangen und spricht. „Mein Herz ist mir schwer und doch ist auch Freude darin, weil es gut ist, von Dir zu sein. Gerne will ich, so gut ich kann, in Deine Fußstapfen treten und vollbringen, was Dir am Herzen liegt. „Wenn es Dein Weg ist", sagt Majaschah, „dann brauchst Du keines Menschen Segen. Doch sei achtsam, dass Du nicht Verzicht übst auf sie." Die zweite geht, legt Majaschahs Hände in die ihre, schaut ihr in die Augen und sagt: „Auch ich Mutter Majaschah freue mich, wenn Deine Seele Ruhe findet, und doch schmerzt es mich Abschied zu nehmen. Du weißt, Nadel und Faden sind nicht das Meine, aber gerne unterrichte ich die Kinder dieser Welt in den Dingen des Lebens, und gebe die Liebe weiter, die Du mir gegeben hast". „Wenn es Dein Weg ist, sagt Majaschah, dann brauchst Du vieler Menschen Segen.

Doch sei achtsam, dass Du nicht ihrem Munde nach redest."
Die Jüngste geht, legt ihren Kopf in Majaschahs Schoß und sagt:
„Mutter Majaschah, wenn ich nur wüsste, wohin ich gehe. Wenn
ich nur wüsste, was meiner Seele Wunsch ist, ich könnt Dir gut
Ade sagen. So aber ist es schwer für mich." „Was immer Dein
Weg ist" sagt Majaschah, „meinen Segen hast Du vom Anfang
bis zum Ende. Aber achte darauf, dass Du selbst Dir den Segen
nicht nimmst." Nachdem Majaschah gegangen ist, gedenken die
Schwestern ihrer, drei volle Tage und Nächte lang. Sie schreien
und klagen und weinen und lassen sich packen von der Kraft die
darin liegt und stampfen auf und tanzen bis der Wind ihnen die
Richtung flüstert in der sie getrennt voneinander ihre Schritte
setzen.

Albertchen ist hungrig.

Albertchen ist hungrig. Sehr hungrig! Und obgleich er immer
noch ein Löffelchen voll für Mama essen muss, und einen für den
Papa und einen für Opa und einen für Oma, ist er hungrig. Und
dem Albert ergeht es ebenso. Und damit das nicht so auffällt, lebt
er so recht bescheiden daher und so recht genügsam dahin. Nur
hin und wieder mal, wenn der Hunger allzu mächtig auf seiner
Seele liegt, da geht er um die Ecke zum Griechen und bestellt,
bis er papp voll ist. Und wenn das Glück ihm hold ist, streifen ihn
eins oder zwei offenkundige Blicke. Er fühlt sich rund und ge-
sund. Zufrieden und seinen Träumen von schönen Augen verfal-
len, hebt er beim Verlassen des Lokales kumpelhaft und welt-
männisch seine rechte Hand. So, wie er es tut, wenn er das Lokal
betritt. „Mach´s gut mein Lieber" ruft ihm der Wirt noch nach. Und
dann ist es still um den Albert. Genau zweihundertdreißig Schritte und 80 Treppenstufen lang. Kaum nämlich hat er die Wohnungstüre geöffnet, eröffnet ihm sein Hunger all die verpassten
Gelegenheiten, bei denen er mehr hätte bekommen können als
nur einen kurzen Blick. Dabei dürfte er nicht klagen, hat er doch
bereits vier Kinder gezeugt. Und das mit drei Frauen. Genau genommen hat er nur zwei Kinder. Die anderen zwei haben das
Licht der Welt erst gar nicht erblickt, weil er sie -ob seines

mächtigen Hungers- nicht auch noch ernähren wollte. Und die angehenden Mütter wollten das auch nicht. Da waren die sich einig, der Albert und die Damen. Obschon die das nie so gesagt haben. Der Albert nicht, und die Frauen nicht.

Immer wieder mal, wenn er seinen Hunger so sehr fühlt wie heute, da badet er in Brüsten und Frauenleiber und es werden immer mehr und er kann nicht genug bekommen; freilich nur in seiner Fantasie. Und es tut ihm weh, dem Albert, so ohne Recht darauf, diesen Hunger zu stillen. Und es kommt sein Schuldgefühl. Es geschieht ihm recht, nicht zu bekommen, was er sich so sehr wünscht. Er hat es verspielt, hat nicht gekämpft für diese Seelchen. Er hat sie fallen gelassen. Er hat nicht mal dagegen gesprochen, sie weg zu machen. Nicht allein der Alkohol seiner Biere schafft dieses Drehen in seinem Kopf. Er will nicht daran denken und will es nicht fühlen. Musik will er jetzt der Albert, ja Musik. Raus aus diesen Scheißgedanken. Nein! Nicht Bette Midler, die schreit so, und da will er mit schreien, und das konnte er noch nie. Nein, da wird es nur noch schlimmer. In a Gadda Da Vida? Ja das ist es. Schön laut und etwas schief. Albert legt sich in a Gadda Da Vida auf. Er hört es einmal, zweimal, dreimal. Dann reist er den Stecker raus, kickt genervt gegen die schwere Box, und legt sich in sein Bett. Schlafen kann er nicht. Zu sehr schmerzt ihm seine dicke Fußzehe. Sein Hunger jedenfalls ist fürs erste gestillt.

Die Begrüßungsküsschen seiner schönen Kolleginnen am nächsten Tag im Büro, schenkt er so viel Aufmerksamkeit, dass sie ihn nicht fühlen können, seinen Hass gegen diese Frauen, die ihn immerzu reizen und sich ihm so geschickt entziehen, dass ihm nur edle Gedanken über sie bleibt. Da hat er mit Vorbedacht zwei Stücke Käsekuchen und eine Nuss Ecke mitgebracht, damit ihm nichts Falsches in seinem Magen zu liegen kommt. Am Nachnachmittag liest er seinen Kolleginnen den überaus ehrlichen und ebenso revolutionären Brief an seinen Chef vor. „Willst Du ihn wirklich so rein geben", fragt Klara und setzt hinzu, „dass er doch ziemlich mutig sei" Albert will die Zweifel nicht hören. Dafür aber umso deutlicher, dass er mutig ist. Albert ist als En fant terrible in seiner Firma wohl bekannt. Seinen

Kollegen ist er sehr unbequem und ständiger Konkurrent. Da ist es nicht verwunderlich, dass sie ihn aus ihrem Arbeitsbereich rausloben. Albert bekommt seinen eigenen Arbeitsbereich. Und wieder einmal ist sein Hunger fürs erste gestillt, wenngleich die Bäckerei nebenan, weiterhin sein liebster Gang zur Mittagspause bleibt. Alberts Hunger wird noch viele male fürs erste gestillt. Immer und immer wieder. Mit einem Haus, einem Boot, einem Auto.

Dennoch ist Albert immerzu hungrig. In seinen Träumen nimmt er sich, was ihm so sehr fehlt und wonach er immerzu hungert. In seinen Träumen taucht er ein in den Geruch der nackten Frauenkörper, berührt, tastet und schmeckt sie. Er findet Kraft in seiner Gier, die ihn sich winden lässt und anschmiegen und ihn vorwärts treibt, das unbekannte aufzunehmen, einzusaugen, und sich von ihm zu nähren als sei´s die Quelle des Lebens. Und es tut ihm weh, dem Albert, so ohne Recht darauf. Ohne das, verliert sein Leben seinen Sinn. Albert weiß nicht, dass es seine Angst ist! Seine Angst vor ihrem Hunger, dass er nie wirklich, so ganz wirklich, so ganz verwirklicht ankommt. Bei sich nicht und bei ihr nicht. Wovon das Eine ist, wie das Andere.

Das Schmittchen

Ja, wer in Liebedorf kennt nicht das Schmittchen! Wenn die Menschen dort, sich im Allgemeinen, auch lieber einem Schmitt zuwenden, so ist es für sie doch unumgänglich, das Schmittchen zu kennen. Dafür sorgt es allemal, das Schmittchen. Und das in bester Absicht. Er bietet hier und dort und dort und hier seine Dienste an und wurschtelt und wühlt umeinand, als sei er der Schmitt höchst persönlich. Der Schmitt, das wissen die Leute in Liebedorf, das ist der, der sich sein Glück selbst macht. Und das wollen die edlen Bürger dieses Dorfes dem Schmitt gleich tun. Darum haben sie es nicht so gern mit dem Schmittchen. Allenfalls, wenn sie seine Dienste brauchen. Es ist allerdings nicht sicher, ob sie es immer unterscheiden können, den Schmitt vom Schmittchen. Na, wenigstens tun sie so als könnten sie es. Und da sind sie dem Schmittchen doch ziemlich ähnlich. Das

Schmittchen nämlich will auch gern ein Schmitt sein. Das ist sein Lebenstraum. In dieser Hinsicht unterscheidet er sich in keiner Weise von seinen Nachbarn. Er will, wie alle anderen, sein Leben meistern und sein Glück machen. Ja, er sammelt geradezu jeden Meisterbrief, der ihm erschwinglich scheint. An die schweren Prüfungen allerdings traut er sich nicht so recht ran. Auch, wenn er seinen übrigen Träumen damit Ade sagt. Da sind, so glaubt er, andere sowieso besser als er. Freunden vertraut er an, dass der liebe Gott ihn mit keinem besonders hellen Kopf ausgestattet habe. Dafür, so denkt er, hat er genug Beweise. Er trägt sie in seinem Jobbelchen, ganz nahe an seinem Herzen. Es sind die Zensuren in seinem Schulzeugnis, die, wie er meint, nicht mal dem Dunkel der untersten Schublade gut genug sind. Aber, wenn er hört, dass einer sagt: „Ach, das ist ja nur das Schmittchen", und das braucht nicht mal ausgesprochen sein, macht er sich fluchst auf den Weg, einen weiteren Meisterbrief zu ergattern. Da scheint ihm plötzlich nichts zu schwer, da kann er einfach alles. Nicht schlecht, und oft auch nicht recht. Und wenn es mal nicht recht ist, schaut er einfach nicht hin oder er erkennt die widrigen Umstände. Oder er sagt, was ihm äußerst schwer fällt, „Naja, es wird immer einen geben, der es noch besser kann". Und weil er damit Recht hat, ist es eben halb so schlimm, wenn es mal nicht recht ist. Den Wurm in seiner Seele indes, füttert er mit einem Stück Pflaumenkuchen oder eine Tafel Schokolade. Alsbald ist dieser Wurm muckswürmchen still. Nicht immer! Manchmal, da muss Emma diesen Schokodienst übernehmen. Zuweilen ist diesem Wurm aber auch genüge getan, wenn sie ihm beteuert, dass er der oberste in ihrem Revier ist und dass kein anderer seinen Rang einnehmen könnte. Allein diese Worte reichen aus um allen Unbill aus seiner Seele, und überhaupt aus seinem ganzen Leben verschwinden zu lassen. So ist das Schmittchen, für eine Weile wenigstens, zum Schmitt gekrönt und Emma darf dann auch mal ihr Vergnügen mit einem anderen haben. Und das wiederum hebt das Schmittchen sogar noch weit über den Rang des normalen Schmitts. Manchmal, da glaubt er, die vielen Schmitts seien angesichts ihrer Spießigkeit doch nur arme Schmittchen. Bis eines Tages, da trägt es sich zu, was dem

Schmittchen gar zu abträglich ist. Seine Emma will plötzlich auch lieber einen Schmitt. So einen, durch den sie zu Frau Schmitt wird und obendrein noch ihren Namen ehrt, der von ihr verlangt, sich frei zu machen von jeglicher kleinbürgerlichen Beziehungsmoral. Und das, obgleich das gute Schmittchen Emmas Wohnstube mit seinen Meisterbriefen geradezu tapeziert hat, und obgleich er es ihr alle naselang recht macht. Mehr, als jeder Schmitt es jemals hätte ertragen können. Schmittchen sind eben immer die Looser. Und das fühlt das Schmittchen jetzt vom Scheitel bis zur Sohle. Nicht allein, dass er sich plötzlich zehn Zentimeter kleiner fühlt und sein Rücken krumm wie eine Sichel ist, nein, er glaubt, er trage wie Atlas die ganze Erdkugel auf seinen Schultern. Sein Herz ist schwer wie Blei, sein Magen krampft so sehr, dass ihm selbst der Trost der Leckereien verwehrt ist, und nichts, aber auch gar nichts bekommt er gebacken. Selbst der Apfelkuchen, Schmittchens Doppelspezialherzeigemeisterstück, brennt entweder an oder bleibt flach wie ein Pfannenkuchen. Und es kommt schon mal vor, dass er statt in die Zuckerdose, nach dem Salz greift. Was, wie allgemein bekannt, eigentlich den Verliebten vorbehalten ist. Seit Emma weg ist, fühlt das Schmittchen sich hin und wieder wie ein Amputierter. Obgleich er nicht wissen kann, wie ein solcher sich fühlt. Und, obgleich ihm keins seiner Glieder fehlt. Und wenn er am Abend, nachdem Holger und Lotti eingeschlafen sind, an seine Emma denkt, ist ihm, als wüchsen ihm zwei Hörner aus seiner Stirn. Nur die Gewissheit, dass so etwas nicht sein kann, verhindert, dass er nach ihnen greift. Gegen 21Uhr geht er zur Strafe für sein Versagen ohne Essen, ohne Zähneputzen und ohne sich zu waschen in sein Bett. Unruhig wälzt er sich von einer Seite auf die andere, bis er – wie schon so oft- durch die Luft schwebt und kaum glauben will, dass er fliegen kann. Am nächsten Morgen erinnert sich das Schmittchen mit Wehmut an seinen verlorenen Traum. Und er sieht, wie er in seinem Elternhaus das Fliegen übt. Erst springt er die letz-ten vier Treppenstufen eines jeden der vier Stockwerke herunter, dann fünf und sechs und sieben Treppenstufen, und dann endlich schafft er alle Zehne. Und einen kleinen Moment lang glaubt er fast daran, dass er sich mit seinen Händen am Treppengeländer auch noch um die Kurve ziehen könnte, um gleich, ohne mit den Füßen auf dem Treppenpodest zu landen, die nächsten zehn Stufen zu nehmen. Im nächsten Moment aber wird ihm klar, dass so etwas wohl eher nicht sein kann. Und er erinnert sich, dass Frau Boll aus dem zweiten Stock ständig Beschwerde bei seiner Mutter eingelegt hatte, weil immer dann, wenn er zur Schule ging, ihr Geschirr fast aus dem Schrank gefallen wäre. Eine ganze Weile schmunzelt das Schmittchen in sich hinein, weil er sich vorstellt, wie die Tassen und Teller und Kaffeekannen im Schrank der Boll herumtanzen, ihr Gesicht verziehen und laut um Hilfe brüllen.

Schmittchens Gedanken wandern vom Schrank der Boll langsam die Treppe hinauf und schließlich zum Küchenschrank, den Mutter am Vortag ausgewaschen und aufgeräumt hat. Es ist Sonntagmorgen gegen acht und Vater wischt ihn nochmals aus. Und er ordnet die Dinge da drinnen aufs Neue. Akribisch, nein, doppelt und dreifach akribisch, spitzt er alle Bleistifte und legt sie der Größe nach nebeneinander in den Deckel einer Pralinenschachtel, die er zuvor feucht ausgewischt hat. Das Geschirr nimmt er raus, spült es gründlich ab und sortiert es neu ein. Sicher hatte er Lange Weile, denkt Schmittchen. Vielleicht aber war es ihm nicht gut genug, wie Mutter das gemacht hat. Schmittchen wird es leicht übel. Er hält seinen Atem an und verbannt dieses dicke Fette und ebenso verschwommene Nichtgutgenug aus Bauch und Kopf. Dem Nichtgutgenug aber, scheint das überhaupt nicht zu gefallen. Es ersetzt sich einfach durch ein Bild von Emma. Aber das will das Schmittchen jetzt auch nicht. Da ist es ihm gerade recht, dass er Lotti trösten kann. Lotti nämlich, steht plötzlich weinend vor ihm, weil Mama ihr für das Wochenende abgesagt hat. Außerdem hat sie schlecht geträumt und eingenässt. Der Alltag hat ihn wieder, das Schmittchen. Er richtet das Frühstück, treibt die Kinder an, redet ihnen gut zu, wirft die Wäsche in die Maschine, räumt den Tisch noch geschwind ab und hetzt ins Büro. Dort will das Schmittchen schnell an seine Arbeit, denn bereits gegen 12 muss er wieder nach Hause um das Mittagessen auf den Tisch zu bringen. Seine Kolleginnen aber wollen immer erst eine Besprechung. Mit Kaffee natürlich, und ausgiebigem Frühstück. Das dauert ewig. Dem Schmittchen geht seine Emma nicht aus den Kopf, wenn Ursels Rock deren Beine frei gibt, die festen Konturen von Chinas Brüste durch ihre hauchdünne Bluse schimmern, und wenn Susi sich zu ihrem Spaß eben grad mal für zehn Sekunden auf Schmittchens Schoß setzt, oder breitbeinig auf den Tisch direkt vor seiner Nase. Endlich an seinem Schreibtisch angekommen, signalisiert ihm sein Bauch immer noch höchste Erregung. Und das verhält sich nicht anders, nachdem er drei bitterböse Briefe an diverse Behörden geschrieben hat. Für einen vierten Brief reicht es nicht mehr. Seine Gedanken verschwimmen, schweifen ab zu den Kindern, zu Emma, zu den prallen Brüsten von China und wieder zurück zu Emma. Dann verlieren sich seine Gedanken in allerlei Phantasien über das Leben zwischen Mann und Frau. Die Stunden verfliegen. Nach dem Mittagessen und einige Schmuseeinheiten mit Lotti und Holger, eilt das Schmittchen mit neuer Kraft zurück ins Büro, in der Hoffnung, nun alles erledigen zu können, was er am Vormittag und am Vortag und davor, nicht geschafft hat. Doch bereits gegen sechzehn Uhr überkommt ihm eine nicht zu überwindende Abneigung, auch nur einen Handgriff hier im Büro zu tätigen. Vor sich sieht er all die Dinge, die er tun will, wenn er nach Hause kommt. Also macht er sich auf den Weg. Mit jedem Meter allerdings, mit dem er sich der Haustüre nähert, verliert er all seine Lust das anzupacken, was er sich gerade noch so enthusiastisch vorgenommen hatte. Das Schmittchen ist vollkommen aus der Rolle. Aus der des Schmitts und aus der des Schmittchens. Und er braucht all seine Kraft, um den Anschein zu wahren, er laufe rund wie eh und je. Auch in dieser Sache ist er ein Meister. Dafür bekommt er Bewunderung. Und das ist sein Lebenselixier. Davon will er mehr. Er gibt alles! Er will noch besser und immer besser und besser als je zuvor laufen. Mit dem Drang des Welteroberers und dem Stolz eines Revolutionärs steuert er weiter den heilversprechenden Namen Schmitt an. Hier eine Schulung, da eine Tagung und der stille Ruf nach einen Platz auf dem Chefsessel lassen ihn weiter laufen.

Bis eines Tages, da trägt es sich abermals zu, was dem Schmittchen gar zu abträglich ist. Sein Arbeitgeber will auf dem

Chefsessel doch lieber einen Schmitt wissen. Das ist selbst dem Schmittchen zu viel. Nichts geht mehr! Und er will auch nicht mehr. Genau betrachtet wollte er schon lange nicht mehr. Noch genauer betrachtet, wollte er schon nicht mehr, seit er Schmittchen heißt. Das aber weiß er nicht! Er hat es vergessen! Er musste es vergessen. Wie sonst hätte er damals als Schmittchen weiter leben sollen, wenn er doch ein Schmitt ist. Und jetzt, da die Abkehr von solch einer Welt ihn erneut besitzen will, will er das auch nicht wissen, denn auch jetzt geht sein Leben weiter. Das Leben welches ihm angetan scheint, wie die Krankheit einem Kranken. Es geht weiter wie bisher. Immer noch will er Schmitt werden. Das trägt er unentwegt mit sich. Bis hinein in die Klinik, in der er wegen seines Burnouts acht lange Wochen seine Zeit verbringt. Etwas anderes als Schmitt zu werden hat er eben nie gelernt. Nur schwer findet er sich in der Rolle eines Patienten ein. Zurück im normalen Leben befindet das Schmittchen, dass er es als Schmittchen zuweilen doch auch leichter hat. Da braucht er nicht ankämpfen gegen das Unrecht der Welt. Da braucht er nicht gerade stehen für all das, was er angerichtet hat. Als Schmittchen, so denkt er zuweilen, da lebt es sich doch recht gut und es reicht ja auch, wenn er hier und da mal einen trifft der noch mehr Schmittchen ist als er, oder wenn er hin und wieder mal der Schmitt sein darf. Immerzu ein Schmitt zu sein, ist doch recht anstrengend. Bescheidenheit und Demut sind nunmehr die Vorstellungen für sein Leben. Und damit ist er fast schon wieder ein Schmitt und in bester Gesellschaft. Auch, wenn diese Gesellschaft weder bescheiden ist, noch weiß, was Demut ist.

Mutter Majaschahs erste Tochter

Weil die Älteste keines Menschen Segen braucht, schneidert sie lustig und voller Tatendrang drauf los, und ganz nach ihrem Dünken. Schön sind´s ihre Kleider. Und Extravagant. Und dazu angetan, die neuste Mode zu bestimmen. Als aber eine Teuerung übers Land kommt, reichen ihre Einkünfte kaum noch aus, um die feinsten Stoffe einzuholen. Und weil´s tägliche Brot immer schmaler und immer schmaler wird, schwindet auch die rechte Lust an Nadel und Faden dahin. Und ihr Gemüt wird schwer und schwerer. Gerade noch zur rechten Zeit, hört sie Mutter Maja-schah sagen: „Mein Kind, mein Kind, warum friert ihr so?" Und dann schaut die Älteste zum Fenster raus und es liegt Schnee und das Bübchen trägt das Holz, und aus dem kurzen Höschen schauen´s nackte Beinchen raus, und die Madels lachen gar darüber. Fluchs und ohne nur ein Wort zu denken, nimmt die Älteste das Fädlein in die Hand und schnurrdiehops ist das Lang-beinige Höschen gefertigt. Und weil´s gerade der Heilige Abend ist, legt die Älteste die wärmende Kleidung vors Türlein, hinter dem das Büblein mit seinem Brüderchen und seiner Mutter vom Teller sich teilen, was es noch zu teilen gibt. Wohl bleibt es kein Geheimnis, wen das Christuskind berührt. Und so lässt sich´s an, dass die Älteste nunmehr ihre Nähte über weniger feine Stoffe zieht. Fein säuberlich schneidet sie die Tücher aus Altgetrage-nem, aus zerzausten Wolldecken und allem, was noch irgendwie ein Kleidlein geben könnte. Und als der Krieg sich übers Land legen will, näht die Älteste, was ihre Finger nur hergeben können, damit die Männer nicht erfrieren müssen im Kampf um die Heim-at. Die Stunden verfliegen. Schon lange näht sie nicht mehr. Für diese Dienste hat sie heuer ihre Näherinnen, 546 für gewöhnlich, und einige mehr, wenn die Auftragslage gut ist. Aus ihren Näh-stuben ist eine honorige Fabrik geworden und die hat sie umge-siedelt, weil in der Heimat die Arbeitslöhne zu hoch sind. Nun tragen die Büblein hier wie dort Hosen mit langen Beinen. Eins ist wie das andere, mit derben Nähten an den Seiten. Und kleine kupferne Nieten an jenen Stellen an denen das blaue Tüchlein leicht zu reißen pflegt. Tausend und ein Jahr nun tragen die Bub-en und Mädels Land auf und Land ab, unverdrossen Hosen, welche allemal gut sind, schlechte Tage zu überstehen, und gute Tage noch zu bessern. Von der Ältesten freilich wissen sie nichts. Als Hose, ganz einfach als Hose hat sie sich in die Welt verdingt und der Himmel weiß, wohin sie´s getrieben hat und ob sie nicht doch wieder irgendwo auf der Welt am feinen Tuch schneidert und Mutter Majaschah die Ehre gibt.

Knoggie, der Bügler von nebenan sagt, er habe gehört, dass

tief in den arabischen Ländern eine Frau lebt, die schöne Kleider näht, so schön, wie sich's kaum ein Mensch vorstellen kann, wenn er nicht wenigstens eines ihrer Werke zu Gesicht bekommen hat. Und einige im Lande wollen wissen, dass diese Frau die zurückgekommen Majaschah ist.

Der Richter und der Priester

Für gewöhnlich unterscheiden sich die Richter vom Rest der Menschheit durch einen schwarzen oder farbigen Umhang, der Robe genannt wird. Solch ein elegantes Kleid wurde bereits vor über fünfhundert Jahren in der Freigrafschaft Burgund getragen und zuvor von den Robertinern; nicht zu verwechseln, mit den Dalmatinern.

Heutzutage ist die Robe nur noch eine Amtstracht für Rechtsgelehrte. Und, sie erlaubt den Herrschaften bei Gericht zusätzlich eine noch elegantere Perücke zu tragen. Nicht alles, dass sie auch noch Schminke auftragen, denn schließlich ist es des Richters Pflicht, im rechten Licht zu erscheinen. Was heißen soll, objektiv und der menschlichen Fratze enthoben.

Nunmehr sollte er doch unverwechselbar seinen Aufgaben nachkommen können. Wenn es da nicht den Priester gäbe. Der trägt nämlich ein ebenso elegantes Kleid. Und obwohl sein Kleid Talar genannt wird und er im Namen Gottes spricht, während der Richter seine Zunge im Namen des Volkes löst, kommen die zwei sich gewaltig ins Gehege. Nicht, weil der Priester mitunter recht spricht, und der Richter zuweilen zu predigen pflegt. Nein, das stört sie nicht. Das Objekt ihres Dramas ist die Bildhübsche Chantal, alias Monique, alias Emanuel. So ganz ohne ihr Zutun, so ganz unwissentlich und so ganz nebenbei hat sie beiden Herren den Kopf verdreht. Richter und Priester sind sich, was Chantal betrifft, doch wenigstens in einer Sache einig. Sie sollte, solange sie ihr Haus verlässt, nicht einen so kurzen Rock tragen, denn es lauert die Gefahr einer Blasenentzündung. Besonders in der etwas kühleren Jahreszeit. Was sich in der Regel entzündet, ist nicht Chantals Blase, sondern das Gemüt dieser zwei wohlgepflegten und zu Höherem berufenen Herren. Und das nicht zu wenig. Zuweilen springt ihnen ihre Entzündung aus der untersten Etage ihres Gebäudes, direkt in ihren Dachstuhl. Und umgekehrt und hin und her und hin und her. Und sobald die Bilder hinter ihren Augen zu laufen beginnen, sinnen und sinnieren sie darüber nach, wie sie ihr am besten näher kommen könnten; ganz zufällig und unauffällig natürlich. Das versteht sich ja von selbst. Für jene, die das nicht für selbstverständlich halten, sei erwähnt, dass diese Herren sich schon von Amtswegen niemals einen offenen Flirt mit Chantal erlauben dürften. Denn schließlich, so sagt der Würdenträger, ist es das gute Recht eines jeden, sich neben seinem Bankkonto, auch ein schwerwiegenderes Geheimnis zuzulegen. Welchen Sinn hätte sonst eine Beichte. Der andere Herr sieht die Notwendigkeit eines solchen Geheimnisses im Dienste der Justitia. Wie sonst sollte er das rechte Recht sprechen, wenn er keinen Einblick in die Gemüter zweifelhafter Personen erhält.

Und weil ihnen, ob des komischen Anblicks ihres doch immer noch strengwirkenden Freizeitanzuges, wahrlich nicht einfallen will, wie sie Chantal nun von einer Blasenentzündung bewahren können, entschließen sie, ihre feine Kleidung abzulegen und zur Tarnung gegen einen weisen Malerkittel zu tauschen.

Auf der Hintertreppe, hinauf zu Chantals Appartement im 14. Stockwerk, begegnen sie sich. Und weil sie beide sich schon mal irgendwo gesehen haben, sich aber beim besten Willen nicht erinnern können, lachen sie sich recht unbeholfen und verlegen an. Peinlichkeit überkommt die Herren. So erklimmen sie -ob ihrer gewaltigen Hirnarbeit- erst zögerlich und dann mit zunehmenden Tempo -mühselig und ohne Worte- ein Stockwerk nach dem anderen. Und beide setzen ihre Schritte so, als wolle jeder sich vom anderen unterscheiden. Und, als könne der andere ihre Absicht zu Chantal zu wollen, an ihren Schritten erkennen. Und sie haben Angst, der andere könnte dieses extra leisetreten, oder dieses extra Sohlenschieben bemerken. Ihre Atemlosigkeit formt sich zuweilen zu einem verbissenen Lächeln aus, um gleich hernach sich in eine neue Grimasse hineinzufinden. Auffällig unauffällig schaut jeder hin und wieder mal zwischen dem

Geländer nach unten oder oben, um zu schauen, ob sie nicht doch bald oben sein müssten. Und weil sie so nagt, die Ungewissheit, ob sie nicht doch den gleichen Weg haben, sagen beide ohne aufzublicken, aber Lauthals und wie auf Kommando zur gleichen Zeit, „na, wollen´s wohl zur Chantal und traun´s nicht den Vordereingang......fünf Sekunden Schweigen! Dann bleiben sie stehen schauen sich kurz an und beginnen zu Lachen. Und man könnte glauben, sie hätten den Witz des Tages gehört. Der Richter schlägt sich dabei mit seiner flachen Hand fast unaufhörlich auf seine Oberschenkel. Der Priester bleibt aufrecht und zeigt mit seiner rechten Hand xmal das Abwischen und Wegschnicken des Schweißes von seiner Stirn an. „Huh", sagt der Richter, „jetzt ist es ja raus." Und er tut so, als sei er unendlich erleichtert. „Nö", sagt er nach einer Weile, „ich muss in den Fünfzehnten, da wartet ein Auftrag auf mich." „Das ist aber witzig", sagt der Richter, „ich habe einen Auftrag im Sechzehnten." „Normalerweise", sagt der Priester, „nimmt diese Wohnungsbaugesellschaft ja die Firma Krause. Aber das dauert immer so lange bis die kommen und da hat die Mieterin mich gebeten. Muss sie halt selbst zahlen". „Ja ich weiß" sagt der Richter. „Ich mache es für meine Schwägerin, die ist befreundet mit dem Mieter. „OK, dann wollen wir mal", sagt der Richter und steigt weiter nach oben. Der Priester ergänzt: „Ja, im Stehen und Reden verdient sich nichts. Es sei denn, man hat zum Geldverdienen seine Schäfchen." „Oder einen Staatsvertrag" sagt der Richter. Gemeinsam steigen sie weiter nach oben. Im Vierzehnten angelangt, geht dort eine Türe auf und Chantal kommt ihnen, in Begleitung eines freundlich dreinschauenden Freiers, entgegen. Beiden Herren rutscht ihr Herz in die Hose. Die Erregung allerdings findet in ihrer Magengegend statt. Geistesgegenwärtig dreht der Freier sein Gesicht zu Chantal und küsst sie. Er ist der Gerichtsdiener und Kirchenvorsteher.

Die Blubberblase

Oma Luzie backt Kuchen und das macht ihr großen Spaß. Am liebsten backt sie Nusskuchen. Nusskuchen mit vielen Nüssen, rote Kirschen und dicke fette Schokoladenstücke, weise und braune. Ja, und etwas Rum, den starken aus Wien, den gibt sie auch noch bei. So wird der Kuchen einsame Spitze und alle mögen ihn.

Heute ist Oma Luzie spät dran. Ihre kleinen Gäste sind bereits im Anmarsch, besser gesagt, sie sitzen oder liegen kreuz und quer auf dem breiten Rücksitz der Limousine, die ihr Papi sich zu Hannis Geburtstag ausgeliehen hat und nun genüsslich über die A5 steuert. Am liebsten würde er abheben und allen anderen ade sagen. Gut, dass so etwas nicht möglich ist. Oma Luzie wäre es nicht recht, käme die Mischpoke, bevor der Nusskuchen auf dem fein gedeckten Tisch steht. Und Mama Edeltraut gefällt es nicht, wenn ihr Mann mit seinem Fuß ohne Unterlass am Gaspedal klebt. „Fritz, fahr doch etwas langsamer" sagt Edeltraut. Fritz nimmt ganz kurz etwas Gas weg, um sogleich nachzuholen, was er an Zeit verloren glaubt. „Männer!" Ertönt es von hinten heraus. Mona ist elf und weiß eben, was Mama denkt, wenn ihr Papa einfach nicht hören will.

Oma Luzie muss den Teig mit einem Kochlöffel bearbeiten. Ihr Rührgerät tut es nicht mehr. So etwas hat sie schon seit vielen Jahre nicht gemacht und es strengt sie ziemlich an. Hoffentlich, so denkt Oma Luzie, wird er was, der Nusskuchen. Vielleicht, sagt sie sich, ist es besser, etwas mehr Backpulver zu nehmen. Eine Weile zögert sie noch, doch dann greift ihre Hand wie automatisiert nach einem zweiten Tütchen, öffnet es und gibt den Inhalt in den Teig. 15 Minuten wuselt Oma Luzie noch in der Küche herum. Dann setzt sie sich und schaut auf die Backform hinter der Glastüre ihres Backofens. Sie ist müde. Sehr müde. Sie verschränkt ihre Arme, schiebt sie auf den Küchentisch und legt ihren Kopf mit der Stirn nach unten auf ihren Unterarm. Nur etwas ausruhen denkt sie. Aber bald fallen ihre Augen zu und hinter ihren Augen lernen ihre Küchenmöbel das Laufen. Der Stuhl steht plötzlich auf dem Tisch, der Tisch steht im Garten, der

Schrank hängt an der Decke und der Backofen gibt seltsame Geräusche von sich. Dann sieht Oma Luzie wie der Teig in der Backform blubbert und blubbert und blubbert. Vor dem Backofen, liegt ihr Rezeptbuch und ihr Schulheft. Herr Lehrer Bürgelschnur hält wie immer sein Stöckchen in der Hand, so als wolle er die vielen Worte die er spricht in die Köpfe seiner Schüler hinein-dirigieren. Mit seiner rechten Hand dreht er seinen Schnurbart, Modell Kaiser Wilhelm, und lispelt etwas von Lebkuchen und Saumagen und Kerzenlicht. „Na, na, na" hört Oma Luzie ihn sa-gen, „wie ist es nun Luzie mit dir? Hast Du Deine Hausaufgaben gemacht?" „Natriumbikarbonat" sagt Oma Luzie. „Und, und, und, was noch, was noch?" hört sie. Edeltraut, Fritz, Hanni und Mona sitzen mitten im Wohnzimmer auf dem Boden und jeder hält ein Schild hoch auf dem das Wort Natriumpyrophosphat zu lesen ist. Aber Oma Luzie bekommt ihren Mund nicht auf. „Aluminiumsul-fat" sagt sie plötzlich, und als wäre das ein Zauberwort wird sie ganz klein. Und um sie herum, bewegen sich die Wände als säße sie mitten in einem Luftballon. Oma Luzie will sich festhalten. Aber, hier gibt es nichts woran sie sich halten kann. „Hätte ich doch nicht so viel Backpulver genommen" sagt sie zu sich. In ihren Ohren dröhnt es, als säße sie in einer Schiffskajüte, direkt neben dem Maschinenraum. Es rattert und rauscht und zischt und quietscht und pfeift und donnert und knallt. Mal geht es rauf und mal runter, mal nach recht, mal nach links. Ein großes C fliegt umher und noch ein C und ein a und ein i und ganz weit weg ein s und ein u. Und jetzt fällt es Tante Luzie wieder ein, das Wort. „Calciumphosphat" ruft sie laut. Gleich einem Echo hört sie Calciumphosphat, Calciumphosphat, Calciumphosphat. Durch die Wand kommt das Stöckchen des Herrn Lehrer Bürgelschnur. Um das Stöckchen herum tanzen lauter kleine Blasen und Bläschen und Minnibläschen und das sieht aus, als wolle das ein das andere wegschieben und das andere das eine festhalten. „Kohlendioxyd!" „Kohlendioxyd!" schreit Oma Luzie und springt auf. Neben ihr steht die Mischpoke und lacht über Oma Luzies verdattertes Gesicht. Zusammen decken sie den Tisch und für Hanni zünden sie neun Kerzen an. „So groß" sagt sie, nachdem sie alle Kerzen ausgeblasen hat, „war der Nusskuchen noch nie."

Das Karussell

Egon schlendert über den Festplatz, bleibt mal hier stehen und mal dort, setzt sich mal hierhin und mal dorthin. Er schaut, wie die Kinder ihren Spaß haben, oder auch nicht, weil Mama grad mal was anderes will. Oder weil Papa Mut beweist, den der Kleine nicht hat, aber haben soll. Auch haut er, der Papa, den Lukas und übt sich im Schießen und wird zum weltmännischsten Kind das dem Himmel je untergekommen ist. Auf der großen Schiffschaukel schaffte er gar den Überschlag, gäbe es da keine Sicherheitsmechanik. Karussell fährt er an Stelle seines kleinen Angsthasen gleich zweimal. Mama ist es peinlich, aber seinem Charisma untergeordnet, lässt sie sich ein holpriges Lob für seine Verwegenheit abringen.

Ein Mädchen lässt ihre gerade gekaufte Zuckerwatte fallen und bekommt dafür von ihrer Mama einen kräftigen Klaps auf ihren Hinterkopf. Schlagartig steigen diesem Kind alle seine Lebenskräfte ins Gesicht, um die Not der kleinen Seele frei zu lassen. Nichts aber ist zu hören. Außer das Gezeter der Mutter. Egon sieht es und er sieht es nicht. So, wie er sich hier zugehörig fühlt und eben nicht. Er liebt diesen Zustand und gibt ihm nach, als könne er darin seine Wirklichkeit erfahren. Die mächtige Orgelmusik des Karussells zieht Egon in das bunte Treiben der Menschen auf diesem Platz, und sie nimmt ihn mit in die Weite seiner ganz eigenen Welt, die er zu erfühlen sucht. Und dann sieht er wieder diese zeternde Mutter mit ihrem Kind, und nimmt gleich neben ihr, auch seine Mutter wahr.

Mama, warum ist der Himmel so rot? Weil das Christkind Plätzchen backt. So stand es im Lesebuch für Erstklässler, und so kommt es ihm gerade in den Sinn. Er hatte es seiner Mutter vorgelesen. Und er sieht sie, wie sie Plätzchen backt. Still und schweigend und still. Und wie damals, schaut er zu. Vor allem schaut er, wer sie ist. Sie bewegt sich fast beschwingt, aber ihr Gesicht verrät nicht, wonach Egon sucht. Er weiß nicht mal wonach er sucht. Die Bilder in Egons Kopf wandern und da ist der Stuhl auf dem sie nur halb draufsitzt. Und er schaut vorsichtig, ganz vorsichtig, während er mit seinem Matchboxauto spielt, vom Fußboden aus hoch. Er betrachtet erregt ihre weisen

Oberschenkel und will sehen, was sie da hat, unter dem rosa Stoff am Ende ihrer Beine. Egon erinnert sich, welchen Schreck er bekam, als sie plötzlich den ganzen Stuhl zum Sitzen eingenommen hat. Hat sie es bemerkt, dass er geschaut hat, oder hat sie es nicht bemerkt? Es war ihr einfach nicht anzusehen. Und er erinnert sich an seine Angst, wenn Mutter so still war. Er wusste nicht, wie es ausgeht, wenn sie so brütete. Er wusste nicht ob es wegen ihm war. Jetzt sieht Egon sich mit seiner Mutter auf dem Weg zum Kindergarten. Eine dicke, überaus dicke Frau begegnete ihnen und Mutter fragt, ob er sie auch lieb hätte, wenn sie so aussähe wie diese Frau. Und er weiß noch genau, wie verlegen er war und wie er nach einer Antwort gesucht hat. „Du bist doch dann immer noch meine Mutter" hatte er geantwortet. Und dass ihm das eingefallen ist, darüber freut er sich heute noch.

Als wolle er wieder in die Gegenwart, spult Egon die Zeit vorwärts und er findet sich in seiner Schulklasse wieder. Sie ist die schlimmste Klasse, die wir je hatten, bestätigten die Lehrer dem Herrn Direktor. Egon sieht sich mit seinen Klassenkameraden auf Raubzüge durch die Kaufhäuser. Und, wie sie auf Schulhöfe, Fahrradteile abmontieren. Und dann kommt dem Egon in den Sinn, wie Mutter gesagt hat, „alle Menschen sind gleich und wenn Du mal auf die schiefe Bahn kommst, dann bleibst Du trotzdem mein Kind, eine Mutter liebt ihr Kind immer." „Auch wenn ich im Gefängnis sitze", hatte Egon damals gefragt. Und seine Mutter antwortete. „Dann besuche ich Dich im Gefängnis, egal, was Du getan hast." Jetzt sieht Egon, wie seine Mutter an ihm einen Kochlöffel zerschlägt und da fallen ihm die Striemen an seinen Beinen ein, die der Teppichklopfer hinterlassen hatte. Mitten im Sommer hatte er deswegen eine lange Hose angezogen und alle haben gelacht. Egon fragt sich, was Liebe ist. Ist es etwas, was mal da ist und mal nicht? Und er sieht, wie Mama dazwischen geht als Papa ihn am Bein hochgehoben und drauf geschlagen hat. „Löwenmutter" hat er dann gesagt. Na ja, denkt Egon, so schlimm war es ja nun auch nicht. Man vergisst es. Und wer wurde nicht geschlagen. Viele von denen sind heute Rechtsanwalt oder Sozialarbeiter. Und wer weiß was alles. Vor sich sieht er die vielen Leute, die fröhlich sind und sicher auch geschlagen wurden.

Und jetzt sieht er wieder das Kind einige Schritte von der auf dem Boden liegenden Zuckerwatte entfernt. Und diese Mutter, die immer noch mit rotem Kopf ärgerlich dreinschaut. Den traurigen Augen des Mädchens weicht er erst aus, schaut sie aber dann doch an. Eine seltsame Aufregung überfällt ihn. Es ist wie warm werden und er möchte dem Mädchen seine Hand geben. Und es ist wie frieren, will er diese Frau doch –so ganz aus Versehen- anrempeln. Oder ihr doch wenigstens gehörig seine Meinung sagen. Aber, es ist ihre Mutter und er sieht das unsichtbare Band zwischen ihnen, welches den Schmerz des einen zum Schmerz des anderen machen könnte.

Egon geht, kauft statt dessen drei Stangen Zuckerwatte. Eine gibt er dem Mädchen und eine der Mutter. Die dritte wirft er demonstrativ auf den Boden, hebt seine Hände zu einem oho, na so was, lacht und spring auf das Karussell. Egon wird es leicht übel und jetzt wollen ihm das Mädchen und die Mutter und seine eigene Geschichte nicht mehr aus seinem Kopf.

Die Bürger von Tappalla

Alle Bürger aus Tappalla, die Kleinen und die Großen, eilen hinüber ins entfernte Dorf Pallatta, dort ist der Zug aus den Gleisen gesprungen und umgekippt. Nun liegen alle Kostbarkeiten, die von Lattappa nach Pattalla gebracht werden sollen auf der Straße nach Tallappa. Und jeder hofft, dass noch was bleibt um den eigenen Hausstand aufzubessern. „Kommst Du nicht mit?" ruft Ede dem Karl entgegen, der in seinem Schaukelstuhl vor seiner Hütte sitzt und unbeirrt seine Socken stopft. „Ne, lass mal" sagt Karl, „das Zeugs gehört uns ja nicht". Ede winkt ab, was so viel heißen kann wie egal oder Angsthase, oder Dummkopf, und eilt den anderen hinterher. Nunmehr ist es still in den Straßen und Gassen von Tappalla, und man könnte glauben, es sei bereits der siebte Tag der Woche und das Kirchlein am Markt habe sie alle verschluckt, die Bürger von Tappalla. Es wäre wohl eine

Ehre für den alt gedienten Kaplan, in den letzten Tagen seiner Amtszeit, hat er doch nie mehr als zwei Dutzend Moseaner, meist Weibsleut, auf einmal vor sich kniend gesehen. Lang lang ist´s her, zur Amtszeit des altehrwürdigen Bischofs, da waren alle Stühle unterm Kreuz warm gesessen und die Beichte hatte Vorrang vor den Gottlosen Reden in den Gaststuben, von denen es drei an der Zahl gibt. Allabendlich locken sie Jung und Alt an ihren Tischen, und zur Messzeit ist´s gut einen Buben auszuspielen oder noch ein Ass auf der Hand zu haben. Und ihren Durst löschen die Bürger von Tappalla allemal besser mit dem heißen oder kalten Sud aus der Gerste, als mit einem Tropfen Weihwasser auf ihrer Stirn.

Es gibt wohl -das Kirchlein am Markt hinzugenommen- noch eine fünfte Stube. Aber keiner weiß so recht, ob sie diesseits der Grenze von Tappalla steht, oder auf der anderen Seite zum Land der Auswärtigen gehört. Auch sprechen die Bürger von Tappalla nur hinter vorgehaltener Hand von diesem Häuschen im Niemandsland. Zur Nacht, wenn brave Bürger bereits ihr Nachtgebet gesprochen haben, oder sich ihrer Wärmeflasche erfreuen, schaut der Sheriff dort noch nach dem Rechten. Und zuweilen tut das auch der Marschall oder gar der Friedensrichter selbst. Böse Zungen behaupten, Pfarrvikar Bruder Aloysius werde des Öfteren in dieses Haus gerufen um eine letzte Beichte abzunehmen. Eins ist sicher. Im großen Panzerschrank des überörtlichen Polizeipräsidiums befindet sich eine überaus dicke Akte zu den Vorfällen am roten Fluss. „Es muss wohl" -so sagt der Gerichtsdiener- „um eine delikate Sache gehen, denn sonst", so bemerkt er weiter, „brauchten die hohen Herrn nicht solch einen Decknamen verwenden. Hauptkommissar Büchlein jedenfalls blättert von Zeit zu Zeit in dieser Akte herum und schwingt seinen Bleistift, als befände er sich gerade in der wichtigsten Prüfung seines Lebens.

Und weil kein Mensch in Tappalla oder sonst irgendwo auf der Welt zwei Prüfungen zur gleichen Zeit ablegen kann, ist es ein Leichtes für die Bürger von Tappalla, auf der Straße nach Tallappa, ihre Taschen zu füllen, ohne auch nur einen Heller dafür herzugeben. Da werden Ochsenkarren beladen und Bulldozer,

Leichtkrafträder und Tretmobile, Lastkraftwagen und Leiterwagen. Ja, sogar das Hundegespann vom alten Fiedler muss herhalten für den Transport all der schönen Dinge, die der Himmel dort scheinbar abgeworfen hat. Wie ein schlafendes Ungetüm liegt die gute alte Dampflok neben den Gleisen. Und als wäre ihr von diesem Sturz speiübel geworden, liegen die Kohlen aus ihrem Tender wie ausgespuckt in der Gegend herum. Fleißige Hände schaufeln sie in Säcke und zerren sie mühselig fort. So von weitem betrachtet, macht sich das Treiben der Bürger von Tappalla aus, als hätten sie nie was anderes getan als das, was sie gerade tun. Und nur langsam findet ihr treiben ein Ende. Die Sonne steht bereits auf etwa 170 Grad, da zieht es die Tappallaner, die Zufriedenen und die Unzufriedenen, heimwärts. Doch bevor alle das Tor von Tappalla erblicken können, hören sie das siebenfache Geheul vom Dach ihres Rathauses. Siebenmal kurz heißt: Ein Unglück geht um. Also schauen sie alle zu, dass sie schnellstens nach Hause gelangen. Freilich nur so schnell, wie die Last auf ihren Rücken es ihnen erlaubt. Kaum hat der letzte das Tor zu Tappalla passiert, schließen sie es und stellen eine Wache auf, damit niemand die Stadt verlassen kann. Karl sitzt immer noch, oder schon wieder, in seinem Schaukelstuhl. Und er sieht, wie Ede sich abmüht. Auf dessen Buckel ruht ein prall gefüllter Rucksack. In seiner Rechten trägt er einen etwa einsachtzig hohen und kunstvoll gedrechselten Kleiderständer, und mit seiner Linken umklammert er ein weis emailliertes Küchenspülbecken. „Ja, ja" ruft der Karl, „ich trage immer einen großen Stein mit mir herum, wenn ich spazieren gehe. Und wenn dann einmal ein Löwe kommt, werfe ich den Stein weg, damit ich schneller laufen kann." Das gefällt dem Ede mal überhaupt nicht. Und als hätte er das nicht gehört, zieht er weiter seines Weges. Aber was er sieht, als er nach Hause kommt, dass gefällt ihm noch weniger. Die Türe seines kleinen Häuschens ist aufgebrochen, alle Fenster stehen auf, und mitten im Gemüsebeet liegen all seine Klamotten. So oder ähnlich ergeht es vielen Bürgern von Tappalla. Frau Fischlein findet ihre Schweine im Gemüsebeet. Herrn Sorglos ist sein Brunnen zugemüllt. Dem Watschen Heiner ist die Vorratskammer geplündert. Der Käte fehlt ihr Küchenge-

Schirr. Kaum ein Anwesen von Tappalla ist ausgelassen von einem kleinen oder großen Schaden. Nur der Karl, der hat allen Grund zum Frohsinn. Aber nicht lange. Die Zeit reicht nicht mal für ein Dankgebet und einer wenig ausführlichen Zwiesprache von Mensch zu Gott und von Gott zu Mensch, da stehen die ersten schon vor Karls Türe und wollen wissen, wer das alles getan hat. Er, der Karl müsse doch irgendetwas gesehen oder bemerkt haben. Alles Beteuern über sein Nichtwissen, nützt dem Karl aber auch rein gar nichts. „Du bist der einzige, der noch hier war", sagt Ede, „also musst Du was wissen". „Wer weiß" ruft Holger Scheppe von hinten aus der sich inzwischen angesammelte Meute heraus, „wer weiß, vielleicht bist Du der Verbrecher, wer sonst sollte das denn getan haben?" Einen langen Augenblick ist es so still in Tappalla wie nie zuvor. Es ist kaum zu glauben, dass der Karl so etwas tut. Doch dann rufen sie alle durcheinander etwas von Schwein und Nestbeschmutzter und Halunke und Verbrecher und Verräter, und ohne lang zu zögern, drängen die ersten durch Karls schmales Gartentor. Andere steigen über seinen Zaun hinweg und stürmen ohne Rücksicht auf Blumenrabatte oder Gemüsebeete auf Karls Haus zu. Irgendwo, rufen sie, muss er alles versteckt haben der Karl. Jetzt ist nichts mehr sicher was der Karl sein eigen nennt. Vom Dach bis zur kleinsten Kellerecke stellen sie alles auf den Kopf. Aus den Fenstern fliegen seine Möbel, sein Geschirr, seine Vorräte und selbst sein feiner Sonntagsausgehrock landet auf der Wiese vor seinem Haus. Dass sie bei Karl nichts finden, macht sie nur noch wütender. Und ausgelassen wie eine Horte betrunkener packen sie den Karl und schleppen ihn in das Kirchlein am Markt. Hier soll er seine Taten alle beichten. Doch was kann er beichten, wenn er von nichts etwas weiß? Und je länger er schweigt desto heftiger werden die Schläge gegen den Beichtstuhl. Du wirst schon noch reden: ruft der Scheppe und zerrt den Karl bis zum Altar. Ohne lange zu fackeln binden sie ihn an das Holzkreuz. Und da hängt er nun wie Christus. Aber lange nicht so anmutig. Und schon gar nicht anbetungswürdig. Dafür umso mehr zum Gespött vieler anwesenden. Mitleidige Seelen wenden sich ab. Einige von ihnen zwängen sich dem Ausgang entgegen, andere heften ihren Blick an den Rücken ihres Vordermannes. Ede schaut auf den Boden. Er sieht seine Verschmutzen Stiefel und ihm ist, als sähe er sie zum ersten Mal in seinem Leben. Einen Augenblick noch verharr Ede im Staunen über das Neue am alt Bekannten. Langsam hebt er dabei seinen Kopf und schaut dem Karl ins Gesicht. Ohne ihn wirklich zu sehen. Ede strengt sich an. Er will ihn erkennen. Es gelingt ihm nicht. Er ist es der Karl und er ist es nicht. Unwirklichkeit umhüllt das Kreuz und Unwirklichkeit legt sich über Edelbrecht, was Edes richtiger Name ist. Mähdrescher, Mähdrescher geht's im durch den Kopf. Wie komme ich jetzt auf Mähdrescher, fragt er sich, und während er von den Tappellanern langsam zum Ausgang geschoben wird, sieht er den Mähdrescher seines Vaters, und das weite Feld. Er hört den fernen Ruf eines Kuckucks und sieht Mutter zu, wie sie den Tisch deckt, ihre langen goldblonden Haare kämt und dem Brüderchen ihre Hand auf den Bauch legt. Er hört, wie seine Mutter ihnen ein Lied zur Nacht singt und wie Vater leise mit einstimmt. Es ist sein Lieblingslied und gerne sänge er es seinen Kindern. Wenn er denn welche hätte.

Friedliche Zeit.

Die Bürger von Lattappa, sind allseits dafür bekannt, dass sie ohne großes Gemurre ihren Alltag leben. Auch in schwierigen Zeiten. Fleißige Hände erledigen alles, was es zu erledigen gibt. Und weil sie außerdem auch noch gute Menschen sind, unterstützen sie jene Zeitgenossen, deren Hände zu verbraucht sind um ihre Arbeit tun zu können, oder auch die, die sich ihr täglich Brot nicht verdienen können, weil grad mal nicht genug Arbeit für alle da ist. Und es kommt vor, dass von den zehn Elektrikern die es in Lattappa gibt, nur acht beschäftigt werden können. Dafür aber drei Schlosser mehr als Lattappa zur Verfügung hat. Oder, dass fünf Maurer gebraucht werden, obgleich in Lattappa nur zwei zu finden sind, gleichzeitig aber zehn Oberkellner nur noch ihren eigenen Tisch eindecken. Da wäre es ja praktisch, wenn alle Elektriker und Oberkellner zusätzlich das Schlossern oder

Mauern beherrschten. Weil´s aber nicht kann sein, gibt es immer mal den einen oder anderen unverwertbaren Bürger auf der einen Seite zu verbuchen, und einen Wertzuwachsbürger aus Pallatta oder Tappalla auf der anderen Seite. Elsis Mama freut es, und Egons Papa regt sich fürchterlich darüber auf. Auch über Elsis Mama. Elsis Mama hat sich das von Egons Papa nicht gefallen gelassen, dass er sich so aufregt, und dann hat sie sich vom ihm getrennt. Und deswegen hat sich Egons Papa von Elsis Mama getrennt. Dennoch sind sie Bürger von Lattappa und murren nicht weiter und sind gut. Ja, sie verlangen für ihre Arbeit nur so viel Lohn, dass von dem, was sie erarbeiten, das Meiste der Erhaltung des Finanzmarktes zukommt.

An der Ecke, an der sich die Freiherr von Liebknecht Allee mit der großen Rittergasse kreuzt, da haben die Bürger von Lattappa ein oberaffengeiles Haus gebaut. Es soll jedem Sturm trotzen und gegen jedwede feindliche Übernahme gefeit sein. Jeden Freitag, nachdem die Bürger von Lattappa ihre Lohntüte erhalten haben, pilgern sie dort hin, um all die Töpfe zu füllen, die ihnen ein Leben ohne große Sorgen erlauben sollen. Da gibt es einen Topf, es ist wohl der Größte unter den vielen Töpfen, in den werfen die braven Bürger so viele Rupien rein, dass alle Betriebsleiter alles tun können um die Geschäfte am Laufen zu halten. Dass den Betriebsleitern und deren Unterleitern und den Unterleitern der Unterleiter schlussendlich ein Mehrfaches von dem bleibt, was dem simplen Bürger von Lattappa für gewöhnlich angerechnet ist, das ist dem sozialen Frieden zugestanden. Einigen Bürgern von Lattappa gar, überkommt das Gefühl von Dankbarkeit und Wohlbefinden, wenn sie grad mal erfahren, wie gut es ihnen -im Gegensatz zu den Gästen aus Pallatta und Tallappa geht. Ein anderer Topf, der zweitgrößte, der ist dazu gedacht, dass die Bürger von Lattappa einen Raum haben, in dem sie ihr Bett stellen und wohnen können. Hier gäbe es aus der Sicht einer Lattappanerin schon einen Grund zu murren. Nutzen die Verwalter dieser Einnahmen, die schwerverdienten Rupien doch eher zu ihren eigenen Zwecken. Aber so sind sie halt, die Lattappaner. Sie sind eben doch allzu gütig. Dann gibt es noch den Topf für die Kranken Bürger von Lattappa, einen für die, die keine Arbeit finden, einen zur Förderung der Kultur, einen für die Sicherheit, also für Polizei und Armee, einen für die Gerechtigkeit, und einen für die Ausbildung der Bürger. Nicht zuletzt gibt es noch den Topf für eine Formalregierung. Das sind die von den Bürgern ausgewählten Bürger, die zum Wohle des Ganzen, Regeln erstellen und bei den Nachbargemeinden ihre Interessen vertreten. Es ist also alles wohl geregelt in Lattappa, und eigentlich könnten die Bürger von Lattappa in Frieden leben bis ans Ende ihrer Tage. Weil's aber nicht kann sein, marschiert Egons Papa mit Egons Wasserpistole in das oberaffengeile Haus und lässt sich zwanzigtausend Rupien auszahlen. Endlich, wenigstens einmal in meinem Leben, an einem Tag so viel verdienen, was der Herr Oberverwalter dieses Topfes in einem Monat verdient, wird er wohl gedacht haben, der Papa vom Egon. Ja, Gerechtigkeit muss sein. Verdient der Oberverwalter doch jeden Tag so viel wie Egons Papa in einem Monat. Dabei handelt es sich nur um einen kleinen Oberverwalter. Weil's aber nicht darf sein, stecken die Lattappaner ihn zur Ausnüchterung für sechs Jahre in eine kleine Zelle. Des Nachts und in den Pausen. Der Gerechtigkeitshalber darf er in der übrigen Zeit Tüten kleben oder Büronadeln biegen. Und die zwanzigtausend Rupien, die soll er natürlich wieder zurück in den großen Topf tun.

Auch den Bäckermeister von neben an stecken sie für fünf Jahre ins Gefängnis. Der Schlaumeier hat es, man stelle sich vor, ein ganzes halbes Jahr lang versäumt, zu diesen Töpfen zu pilgern. Der hat also erst gar nichts da rein getan. Naja, so kann man es auch machen. Bitte, wer sich nicht traut eine Pistole in die Hand zu nehmen, der soll halt seinen eigenen Weg in die Zelle finden. Und weil's zurzeit eben wirklich mal knapp ist mit der Arbeit in Lattappa, schleichen immer mehr Bürger um dieses Gebäude herum statt hinein, oder schleichen hinein um herauszuholen, was andere hineintragen. Und als sei das Schleichen ein böser Virus, überkommt es viele, viele Bürger von Lattappa. Dieses Schleichen. Obgleich viele von ihnen Arbeit haben. Ja, wie eine Epidemie greift das Schleichen vom einfachen Bürger, auf jene Bürger über, die in dem oberaffengeilen Haus das sagen haben. Aber hoppla! An der Quelle sitzt der Knabe! und da geht es nicht um lumpige zwanzigtausend Rupien. Der Knabe mit der Gnade des besten Rufs im Lande und dem wohlklingenden Namen Baumsaft, holt mal geradewegs über Zweimillionen Rupien aus der Portokasse dieses oberaffengeilen Hauses, und verteilt sie an seine Freunde. Weil´s aber nicht kann sein, darf Herr Baumsaft weder in eine Zelle noch Tütenkleben. Seine Freunde im oberaffengeilen Haus erlauben ihm -gegen ein Reue Geld von fünfhunderttausend Rupien- den Rest des Portogeldes zu behalten und sich in seine Luxusvilla zurückzuziehen. Darüber hinaus bekommt er aus dem großen Topf bis zu seinem Lebensende einen monatlichen Sold von vielen, vielen tausend Rupien. Ja, es ist wohl ein gnädiges, ein gutes Volk, das Volk aus Lattappa. Und weil Herr Baumsaft nicht der einzige in diesem oberaffengeilen Haus ist, der von dieser Immunschwächekrankheit befallen ist, und weil es gerecht sein soll, in Lattappa, erwägen einige Volksvertreter, eine neue Steuer einzuführen. Die sogenannte Raub und Unterschlagungssteuer. Sogenannt, weil sich in diesem oberaffengeilen Haus sicher ein Steuerberater finden lässt, der jeden Raub und jede Unterschlagung auf null rechnen kann. Bei entsprechenden Honorar selbstverständlich. So sind´s halt die Bürger von Lattappa. Gut und gerecht! Und gut und gerecht.

In mitten der nordischen Wälder

In mitten der nordischen Wäldern von Liebedorf steht eine kleine Hütte und in der Hütte lebt Hanna mit ihrem Mann Tschess, und einem jungen Wolf, der ihnen zugelaufen war, als diese Welt nichts hergab außer Schnee und Eis. Sie selbst hatten kaum noch genug um nicht des Hungers zu sterben, brachten es aber nicht über´s Herz, ihn abzuweisen oder ihn gar ihrem Kochtopf auszuliefern. Und weil es dem Wölfchen gar zu gut gefällt, dass sie ihn Locki nennen und alle weil mit ihm sprechen als wäre er ihr Kind und Freund, hat er es vorgezogen, der Wildnis nur noch seinen Schwanz zu zeigen. Und so leben sie zu dritt von einem über den anderen Tag und sorgen füreinander als sei es der Wille des lieben Herrgott.

Alsbald aber geschieht es, dass der Wind übers Dächlein pfeift, und der Regen nicht enden will, und das Wasser bereits durchs Stübchen läuft, da hält es das Wölfchen nicht mehr und die Flut nimmt ihn mit nach draußen und immer weiter hinaus, und immer weiter hinaus, bis er nicht mehr zu sehen ist. Tschess und Hanna finden Zuflucht in ihrer Nachtstätte, die etwa sechs Fuß unterm Dächlein von diesem Wetterchen verschont bleibt.

Sieben Jahre sind nun ins Land gegangen, ihr einzig Kindlein erlebt gerade seinen sechsten Sommer, und Locki erscheint ihnen nur, wenn aus der Ferne das Geheul seiner Artgenossen die Stille teilt. Tschess ist ausgezogen um Holz für den kommenden Winter zu schlagen. Und einige Bretter zur Reparatur ihrer bescheidenen Hütte braucht er auch. Recht ist´s ihm nicht. Ist doch der einzige Mann in dieser Gegend, der ihm beim Zuschneiden der Holzes helfen könnte, am Alkohol erkrankt und liegt nunmehr fast täglich wie ein Abwesender auf seinem Bänkchen, welches ihm obendrein auch noch seine Knochen schmerzen lässt. Und Hanna, die will er auch nicht bitten, trägt sie doch ihr zweites unter ihrem Herzen und bald wird es so weit sein, da will es schauen wie es ist, auf dieser Welt. Doch in den Tagen zuvor, da ziehen die Wolken weitaus bedächtiger übers Land als sie es je getan haben. Die Bäume auf dem Felde stellen sich dar, als lebte jeder für sich ganz alleine. Kaum ein Ästchen lässt sich an, was anderes zu tun als das, was der dicke Stamm ihnen vormacht, und es scheint, als habe er den Auftrag seine tiefen und weit verzweigten Wurzeln −obgleich gut versteckt- jedem Wesen unter dem Himmel in den Sinn kommen zu lassen. Der Schrei des Adlers ist dem Konzert der Natur entrissen und nistet sich ein ins Gehör der Welt, als habe er Angst verloren zu gehen. Das Beben der Erde, welches entsteht, wenn ein aufgeschreckter Elch das Weite sucht, bringt die Leutchen unten im Tal geradezu in Habachtstellung. Das Wasser des Brünnleins im Garten vor dem Häuschen ist tiefer als gestern und vorgestern und den Tagen zuvor, und der Hände Arbeit will in rechter Weise nicht gelingen. Und obgleich in solchen Zeiten die Herzen höher schlagen oder gar ins Stolpern kommen, ruft der Alltag die Leutchen zur üblichen Geschäftigkeit. Denn schließlich, so sagt Tschess, und so sagen auch die Anderen, ist jeder seines Glückes Schmied, und man soll das Eisen schmieden, solange es noch heiß ist. Die Welt von Liebedorf indes singt weiter ihr eigen Lied und das ist Anlass genug, dass zur Stunde, als das kleine Wesen unter Hannas Herzen sich nun endlich auch seinem Vater zuwendet und sich anschickt die Tage zu erobern, sein Geschwister sich aufmacht und dem Ruf des fernen Kuckucks folgt. So kommt der Freude über den Neuankömmling, Angst und Schrecken hinterher. Hanna ist mutlos und will nicht daran glauben, dass ihr Bübchen der Welt da draußen trotzen und den Weg zurück in ihren Schoß finden kann. Krem Dich nicht, sagt Tschess, ich will mich aufmachen und das Bübchen finden. Schweren Herzens und voller Hoffnung, bepackt er den Esel und reitet fort. Einmal, zweimal und immer wieder. Ein Tag folgt dem Anderen und diese Tage tun sich zusammen als wollten sie sich aller Zeiten bemächtigen. Der Vorhergehenden und der Nachfolgenden. Nicht so für das Bübchen. Das Bübchen, schon fast zum Buben geworden, streift durch die Wälder, sucht Nahrung, und hat Freude an den Tagen. Und vor allem, am Spiel mit dem Wolf. Der hat sich dem Bübchen zugesellt, als die kalten Nächte sich anschickten, es unterzukriegen. Und wenn der Mond den Buben aus seinen Schlaf bringt, träumt er von der Heimkehr. Und manchmal, da gehen die Träume einiger Liebedorfer dann doch in Erfüllung. Als nämlich eines Tages Sonne und Mond sich am Himmel begegnen und Finsternis sich übers Land legt, hält der Bube inne und der Wolf tut´s im gleich, und in der Ferne klingt das Glöcklein vom Türmchen und es trifft den Buben, und der Bube wird still und folgt dem unbekannten bis hinein in die Mitte sein-es Herzens, wo sich´s wieder findet, das Tönlein.

Vor dem Kirchlein auf einem Bänkchen sitzt Hanna mit ihrem Tschess, und aus der Ferne hören sie das Geheul des Wolfes. Und als wäre es abgesprochen mit dem großen Geist, erheben sie sich und beginnen ihre Schritte zu setzen. Zögerlich und unaufhaltsam. Kein Wort braucht´s. Nur die eine Hand die ande-re. Fremd sind´s sich geworden, die Hände. Es sind die Hände von Mama und Papa und es liegt Vertrauen in ihnen, wenn auch fehlt, was Mann und Frau zu neuem treibt. Wind kommt auf. Die Äste an den Bäumen tänzeln nunmehr miteinander und umeinander, werfen ihre Blätter ab, ruhen als wollten sie die Zeit zum Stehen bringen, um gleich hernach sich tobend zu zeigen, weil es nicht gelingen kann still zu stehen. In Liebedorf geht´s Glück wohl um, denn kaum tausend Schritte von beiden Seiten da treffen sie aufeinander. Der verlorene Sohn, Locki, Hanna und Tschess. Groß ist die Angst und groß ist die Freude. Und jetzt, da sie sich gefunden haben, ist es ein Leichtes, als in der Zeit darauf, der Bube erneut auszieht um das Weite zu suchen. Und das Schwesterchen tut´s auch. Und Hanna und Tschess tun´s ihnen gleich. Freilich, in der kleinen Hütte, unterm Kreuzlein, mit einem Kerzlein, und nicht zuletzt auch in ihrem Bettlein.

Ein Tag wie jeder andere.

Wie jeden Morgen treffen Frieder und Robert in der Schiller-straße, Ecke Goethestraße aufeinander und gehen gemeinsam den Rest ihres Weges zur Schule. „Hallo!" ruft Robert dem Frieder entgegen. „Danke gleichfalls" antwortet Frieder und fügt hinzu: „hoffentlich ist der Neue nicht so ein Arsch wie der Alte " Und während er so spricht, verzieht er sein Gesicht, als könnte der Alte das gerade gehört haben.

Frieder und Robert kommen als Letzte in den Klassenraum. Fast alle toben herum. Der neue ist noch nicht da. Einige berat-schlagen laut und heftig darüber, wie lange sie noch warten wol-len, denn schließlich, so argumentieren sie, würde von ihnen ja auch Pünktlichkeit verlangt. Viele stehen schon mit ihrer Schul-tasche in der Hand, bereit zu gehen. Marieluise, die Klassenspre-cherin kündigt an, sie wolle ins Sekretariat gehen und die Abwe-senheit des Neuen dort melden. Kaum einer hat bemerkt, dass der Neue inzwischen eingetroffen ist. Er sitzt bereits an seinem Pult und hört interessiert zu. Er ist nicht größer als der Klassen-kleinste, etwa einmeterfünfzig und ziemlich dick. Optisch passt er gut in die Klasse, obgleich er einen rostbraunen Vollbart und einen sehr auffälligen, blau und grün karierten Anzug trägt. Seine knallgelbe Krawatte hat die gleiche Farbe wie sein Hemd und seine Schuhe. Es ist kaum auszumachen, wie viel Jahre der gute Mann schon auf dieser Erde verweilt. Irgendwie sieht er aus als sei er selbst noch Schüler, und irgendwie sieht er aus wie ein alter weise Mann.

Langsam verstummt einer nach dem anderen, und es ist so still in der Klasse, dass jeder hätte eine Nadel fallen hören, wäre sie denn gefallen. Das ist schon sehr ungewöhnlich für die 7b. Denn, sie ist die schlimmste Klasse von der Schule. Das sagen alle Lehrer, und auch alle Schüler sagen das.

Der Neue steht mit einer gemütlichen Beweglichkeit auf, macht einen kleinen Sambaschritt, holt aus seiner rechten Jackentasche ein etwa zehn Zentimeter langes, silberfarbenes Röhrchen, steckt ein Stück Tafelkreide hinein, geht zur Tafel und schreibt: Ich bin euer Lehrer. Sich den Schülern zuwendend sagt er: „Und ihr, ihr seid meine Schüler! Oder hat jemand Zweifel daran? Es ist nützlich", sagt er weiter, „wenn wir uns gleich zu Beginn unseren Arbeitsvertrag bewusst machen." Leises Raunen geht durch den Raum. „Haben Sie keinen Namen?" fragt Holger. „das tut nichts zur Sache" antwortet der Neue und fährt fort: „Lehrer ist Lehrer und nicht Herr so oder so oder anderswie. Hier ist nur von Bedeutung, dass ich Euer Lehrer bin, und Ihr meine Schüler seid."

Robert schaut Frieder an und verdreht seine Augen. Frieder lässt gleich einem Scheibenwischer, seine flache Hand vor seinem Gesicht hin und her tanzen und murmelt leise: "balla, balla." Einige Schüler tuscheln hinter vorgehaltener Hand, andere rücken belustigt mit ihrem Stuhl auf und ab, und wieder andere sitzen da und überlegen, ob sie träumen.

„Aber wie sollen wir sie ansprechen" fragt Holger. „Mit Herr Lehrer natürlich". „Das ist ja wie im vorigen Jahrhundert, stöhnt Willi." „Nein, sagt der Neue, es ist wie heute, ganz modern. Im vorigen Jahrhundert da habe ich meine Schüler mit einem Rohrstock gezüchtigt, ich habe ihnen Angst gelehrt und beigebracht, dass sie klein, dumm und minderwertig sind. Und jetzt stelle ich meinen Ruf als Lehrer wieder her." „Moment mal" sagt Holger, „sie haben was im Vorigen Jahrhundert????" „Da hab ich als

Lehrer versagt" „Im vorigen Jahrhundert, ja?" fragt Holger. „Im vorigen Jahrhundert. Du hast ganz richtig gehört", sagt der neue ruhig und fügt hinzu: „Wie sonst hätte ich entschließen können, mein Verhalten zu ändern?" Holger ist Hartnäckig und erwidert: "Heutzutage sprechen die Schüler ihre Lehrer aber mit ihrem Namen an". „Dann tue es, mein Name ist Lehrer. Ich habe keinen anderen Namen und ich will auch keinen anderen Namen haben. Denn hieße ich Bäcker, dann stünde ich nicht hier, sondern in der Backstube, müsste früh morgens um vier Uhr aufstehen, damit die Brötchen zur rechten Zeit fertig sind. Nein Danke! Ich bin und bleibe Lehrer." Lautes Lachen, Gejohle und Pfiffe schallen durch das Schulgebäude. Holger gibt nicht auf. Nicht umsonst nennen seine Mitschüler ihn den Professor. „Wie aber bitte war ihr Name, bevor sie Lehrer wurden?" fragt Holger. „Ja zuvor, da nannten die Menschen mich, Herr Lehrer Lempel und Herr Lehrer Hinz und Herr Lehrer Kunz und Müller und Mayer und weiß der Kuckuck wie noch. Und davor Herr Studienrat Litle und Herr Oberstudienrat Aldi und Herr Professor Dr. Schinkenhäger usw., usw. Und davor, das war schon vor einige hundert Jahre, da war ich ein Paidagoge. Ein Paidagoge das ist ein Haussklave, der die Kinder seiner Dienstherren betreut. Und jetzt, jetzt bin ich -Gott sei es gelobt- nur noch Lehrer, ganz ohne Schnickschnack." Einige Schüler stehen auf, hüpfen hin und her, schlagen ihren Stuhl gegen die Tische oder trommeln wild auf ihnen herum. „Ist das nicht ein starker Tobak, was sie uns da erzählen?" schreit Holger nach vorne. Und Willi setzt nach: „ das ist der größte Quatsch, denn ich je von einem Lehrer gehört habe". Der Neue räuspert sich kurz, reibt sich den Hals und fragt: „Was denkst Du, woher Du kommst? Aus dem vorigen Jahrhundert? Oder aus der Neuen Zeit?" „Aus der Neuzeit natürlich" antwortet Willi unwillig. „Dann frage Dich", sagt der Neue, „wann hat mein Urgroßvater gelebt? Und dann stelle Dir seine Geburt vor, die seines Sohnes und die dessen Sohnes und Deine eigene. Und dann schau, was in dieser Zeit alles passiert ist. Was siehst Du da? Kriege, und viel Elend! Gibt es da einen Unterschied zwischen heute und damals? Nein! Sind die Kriege von damals altertümlich, und die von heute modern? Was heißt das, ein moderner Krieg? Noch mehr Elend? Ist das die neue Zeit? Oder ist die neue Zeit das Mittel- alter, oder das Altertum? Da sind hundert Jahre wie ein Tag. Da ist ein Tag, wie jeder andere. Die Tage unterscheiden sich lediglich durch schwer für die, die Leiden, und leicht, für die, die ein gutes Leben haben. Und wer macht das Elend? Nicht Herr X oder Herr Y oder Frau Z, sondern der Mensch an sich". Sogar Olaf, ein sonst ganz stiller und zurückgezogener Schüler meldet sich und sagt, „Aber nicht alle Menschen machen das Elend, es gibt doch auch gute Menschen" „Oho, oho, oho!" Erhebt der Neue seine Stimme und das hört sich an, als begönne er eine Arie zu singen. „Habe ich gesagt, dass der Mensch schlecht ist? Bist Du und Du und Du und Du und DU und Du ein schlechter Mensch? Das glaube ich nicht! Und doch hast Du und Du und Du und Du und Du der Zerstörung unserer Erde nicht viel Heilsames entgegenzusetzen. Und wer, denkst Du, wird das alles bereinigen, wenn Du mal nicht mehr bist? Eine Versicherungsgesellschaft? Oder der liebe Gott? Mit Sicherheit nicht. Und Deine Kinder oder Enkelkinder können den Unrat nicht einfach weg zaubern. Also, werden sie irgendwann entscheiden und sagen. Ich habe die Schnauze voll von Krieg und Zerstörung unserer Erde, ich will das nicht mehr. Als Mensch, war ich lange genug wie Menschen nun mal sind und dann krempeln sie ihre Hemdsärmel hoch und beginnen den alten Müll wegzuräumen, weil sie wissen, dass sie das alles selbst verursacht haben. Sie sagen nicht mehr, das ist nicht meine Sache, das haben meine Vorfahren verbockt, oder die Politiker sind schuld, und die Kirchenfürsten. Sie wissen, ich gehöre zu den Geschöpfen dieser Erde, die so eine Wüste erzeugen. Dann geht es denen, wie es mir ergeht, ich bin jetzt nicht mehr der Lehrer der ich gestern war, weil ich meine Fehler erkannt habe."

Der neue legt seine Hände hinter seinem Rücken zusammen und geht mit gesenktem Haupt zur Türe und wieder zurück und wieder zur Türe und wieder zurück, bleibt stehen, hebt seinen Kopf und sagt: „Vielleicht aber, haben Deine Kinder nicht mehr genug Kraft, um ihre Hemdsärmel hoch zu krempeln. Vielleicht Ist der Müllberg dann so groß, dass sie es gar nicht schaffen können, ihn wegzuräumen. Vielleicht haben sie es dann so schwer, dass sie gezwungen sind sich zu betäuben. Sie nehmen Schmerzmittel. Sie schlucken Drogen, trinken Alkohol, wollen nur noch Sex und sehr, sehr viel anderen Spaß, große Autos, viel Geld, Anerkennung, eine große Bühne und weiß der Teufel was noch alles. Deshalb ist es gut, wenn wir gleich jetzt mit dem Aufräumen beginnen. Und dazu brauchen wir einen Vertrag" Ach nee, ruft Sieglinde, „sollen wir jetzt in den Wald gehen und den Abfall auflesen, oder auf die Straße gehen und gegen den Krieg demonstrieren?" Der Neue kratzt sich eine Weile mit der linken Hand an seinen Hinterkopf während er mit der rechten Hand seinen Bart krault. Er geht zu seinem Pult, setzt sich auf den Stuhl, schlägt sein rechtes Bein über das andere, stellt das Röhrchen mit der Tafelkreide hochkant auf seinen gelben Aktenkoffer und sagt: Ja, das ist nützlich. Aber nicht nützlich genug. Wenn ihr nicht euer ganzes Leben lang Müll aus dem Wald sammeln wollt, oder euer ganzes Leben lang demonstrieren wollt, müsst ihr das Übel an der Wurzel packen."

„Ich höre schon das mächtig donnern" ruft Willi, „wenn der Stein des Weisen jetzt gleich durch den Fußboden kracht und unten im Keller aufschlägt." „Um das Übel an der Wurzel zu packen", antwortet der Neue unbeirrt, und erhebt sich von seinem Stuhl, „braucht der Weise keinen Stein. Wir beginnen mit dem Aufräumen, wo es am einfachsten ist. Wir machen uns unseren Arbeitsvertrag bewusst" „Von welchem Vertrag reden sie denn da andauernd" platzte Willi heraus „das ist Müll, ich habe überhaupt kein Bock hier zu sein, die Schule ist für mich nur eine unangenehme Pflicht." „Heißt das" fragt der Neue, „dass Du Deine Kinder, falls Dir dieses Glück zuteilwird, nicht in die Schule schickst"? „Was soll denn diese Frage" ruft Wille empört, „wir haben doch Schulpflicht." „Ja, ja", antwortet der Neue, „aber Du wirst doch Deinen Kindern nicht antun wollen, was Dir hier angetan wird, oder? Du wirst sagen, ich liebe meine Kinder und ich werde sie davor schützen, wirst dafür kämpfen, dass die Schule nicht so ein schrecklicher Ort ist. Du wirst sagen, ich will meine Kinder nicht in den Krieg schicken, aber in eine Schule, in der sie lernen, wie sie Frieden schaffen können". „Das ist doch sinnlos" schaltet sich Robert ein, „sie wissen doch genau, dass wir kleinen Leute keine Chance haben, gegen die da Oben anzukommen." „Also wenn ich mir vorstelle" erwidert der Neue, „ich wäre klein", Gekicher unterbricht die Rede des Neuen. Der wippt kurz mit seinen Fersen nach oben, als wolle er sich größer machen und fährt fort. „ und wenn ich mir vorstelle, ich müsste für immer klein bleiben" aus dem Gekicher wird lautes Lachen. Geduldig wartet der Neue bis wieder einigermaßen durchkommen ist, und ergänzt seinen begonnen Satz: „dann sähe ich auch keinen Sinn darin, in die Schule zu gehen."

Auf dem Flur des Schulgebäudes sind Stimmen zu hören und Schritte, die immer deutlicher werden. Die Türe wird geöffnet und eine Frau mit weisem Kittel betritt den Raum. Sie wendet sich an den Neuen und sagt, „Herr Lehrer, der Herr Direktor möchte sie dringend sprechen." „Jetzt schon", fragt der Neue, „die Stunde ist doch noch nicht um". „Das macht nichts", antwortet die Dame, „wir haben wie immer ihren Bruder mitgebracht, der wird sie für den Rest der Stunde vertreten". Maulend und wie ein trotziges Kind geht der Neue zu seinem Pult, nimmt seinen gelben Aktenkoffer und sein silberfarbenes Röhrchen und geht langsam zur Türe. Er dreht sich nochmals um und sagt zur Klasse, „bitte, vergesst nicht, mit meinem Bruder den Vertrag zu besprechen. Der Vertrag ist wirklich das Allerwichtigste in Eurem Leben".

Und wieder ist es so still im Raum, dass man hätte eine Nadel fallen hören, wenn sie denn gefallen wäre. Stattdessen betritt der Bruder des Herrn Lehrer den Klassenraum. Der alte Neue, macht einen kleinen Sambaschritt und geht mit seiner Ärztin raus. Der neue Neue, sieht aus wie der alte Neue, stellt seinen gelben Aktenkoffer auf das Pult und schreibt an die Tafel, ich bin der Herr Lehrer. Einige Schüler sind ganz blass im Gesicht, andere haben dafür umso mehr Röte bekommen. Herr Lehrer entschuldigt sich für seinen Bruder und gibt der Klasse für den Rest des Tages frei. Auf dem Weg nach Hause treffen Robert und Frieder auf ihren alten Lehrer. Der fragt die Zwei, wie den der erste Tag mit dem neuen Lehrer gewesen ist. Frieder sagt: „es war ein Tag, wie jeder andere". Und Robert sagt: „für mich nicht. Kein Tag ist wie jeder andere".

Majaschahs zweite Tochter

Die Zweite Tochter von Mutter Majaschah will es recht machen. Braucht sie doch den Segen der anderen. Derenthalben schaut sie sich um, in allerlei Wissenschaftlichem. Aber auch dem Sittlichen hört sie lernwillig zu. So vergeht Jahr um Jahr bis der Abgesandte der kaiserlichen hohen Schule befindet, sie, die Zweite, dürfe nun das Haus betreten, in dem die jüngsten des Reiches sich sammeln um zu erfahren, was dem Leben zugetan ist. Dort solle sie Lehren, was sie selbst gelernt hat und noch einiges dazu. Ein rechter Ort für die Mittlere, um ihren Weg zu gehen. Es trägt sich aber zu, dass die Kindlein zwar fleißig die Gebote lernen und im Allgemeinen recht brav sich zu betragen wissen und dennoch alle Tage unheiliger Streit über dem Lande liegt. Für die freilich, die um ihren guten Glauben kämpfen, ist er schon heilig, dieser Streit. Auch, wenn's ihre Beine lassen, oder ihrer Hände Werk einem anderen seine Beine nehmen.

Der Zweiten geht's mächtig zu Herzen. Und wie der Glanz in den Augen vieler Menschen schwindet, mehr und mehr, da schwindet auch ihre Lust zu lehren dahin und kaum noch findet sie ihren Weg in die stattlichen Räume in denen gesungen und getanzt wird und in jedem Augenblick ein frohes Lachen ihr Herz erfreuen könnte, oder ein stilles lächeln sich tief in ihrem Herzen wieder findet. Gerade noch zur rechten Zeit hört sie Mutter Majaschah sagen: „Mein Kind, mein Kind, warum friert ihr so?" Da steht die Mittlere auf und tritt hervor und erhebt ihre Stimme, und ihre Worte kommen so tief aus ihrem Herzen wie sie's selbst nicht kennt. Und ein jeder, der will und die rechten Ohren dazu hat, fühlt den Schrei und die Kraft in diesen Worten, und die Verzweiflung und die Verbundenheit. Diese Worte sind Schmerz und Aufforderung und Kampf und zuweilen schimmert Güte durch sie hindurch, wie das Brot in Hungerszeiten. Und wenn sie spricht zu den Menschen, ist's gleich wie Sonnenaufgang und Sonnenuntergang, wie Sommer und Winter. „Wo ein Anfang ist" sagt sie, „da gibt es auch ein Ende. Und wenn's das Elend nicht haben wollen, da müssen's herausfinden, mit was ihr's angefangen habt." Tausend und ein Jahre nun spricht sie ihre Worte, wenngleich auch nur durch einige Bündelchen von Papier, die in aller Herren Länder ihren Platz finden oder den Winden anheim gegeben sind. Sie sind gut, um die guten Tage zu bereichern und in schlechten Tagen Trost und Zuversicht zu gewinnen. Aber auch Zweifel zu nähren. Von der Zweiten wissen´s nicht allzu viel die Leutchen in den Gassen und auf den Amtsstuben. Als Schriftwerk, ganz einfach als Schriftwerk hat sie sich verdingt, und der Himmel weiß wohin sie´s getrieben hat und ob sie nicht doch wieder irgendwo in der Fremde ihre Zunge löst, und Mutter Majaschah die Ehre gibt. Knoggie, der Bügler von nebenan sagt, er habe gehört, das tief in den arabischen Ländern eine Frau lebt, die so mächtige Worte spricht wie sich´s kaum ein Mensch vorstellen kann, der sie nicht wenigstens einmal gehört hat. Einige im Lande wollen wissen, dass diese Frau die zurückge-kommen Lehrerin und Tochter von Mutter Majaschah ist.

Ach hät i doch! Wie konnt i nur!

In Liebedorf sagen das fast alle. Ob es ihnen gut ergeht oder ob es ihnen schlecht ergeht. Ja geradezu ein jeder sagt es fast täg-lich. Mindestens aber einmal in der Woche. Viele Menschen in diesem Dorf sagen das mehrmals an einem Tag. Ach hät i doch, und, wie konnt i nur. Und manch einer, patscht sich dabei mit der flachen Hand gegen seiner Stirn. Oft füllen diese Worte den Raum auch noch in der Nacht. Und sie dringen ein, bis in jede einzelne Körperzelle dieser lieben Menschen. Und Kummer liegt über ihnen, weil sie es allzu oft, so, und nicht anders gemacht haben; und es vielfach einfach nicht schaffen es anders zu machen als sie es tun. Trotz guter Vorsätze und bester Absicht. Oftmals nehmen sie ihren Kummer nicht mal mehr wahr. Sie bemerken kaum noch, wenn sie diese winzigen aber schwer-wiegenden Sätzlein in sich hinein flüstern. Und wenn es dem einen oder anderen geschieht, dass er sie einige Zeit weglässt, diese Sätzlein, wirken sie immer noch vom letzten Mal und vom vorletzten Mal und dem davor und davor. Je nachdem, wieviel positive lebensaufbauende Erfahrung ein so betroffener Mensch nach seinem sogenannten Fehlverhalten noch macht. Und das hängt damit zusammen, sagt Professor Dr. Dr. Tiefenblick, dass die sich abbauenden Körperzellen ihr Unbehagen an die neu entstehenden Körperzellen weitergeben, denn schließlich müssten die ja wissen, wie sie sich einzurichten haben. Und so bleiben die Menschen ihrem Unbehagen aus längst vergangener Zeit ververhaftet. Genau genommen, sagt der Professor ganz professionell, seien in den Körperzellen alle Informationen gespeichert die der Mensch braucht, um seinen Bestand zu sichern. Und wenn der Mensch sein Verhalten respektive seine Einstellung bzw. Haltung ändern wolle, brauche er neue Informationen. Und je älter eine Information ist, desto schwieriger sei es, sie durch eine neue zu ersetzen. So reiche für den einen eine vernunftgeprägte Einsicht und ein anderer müsse erst eine ganz neue Erfahrung machen. Da aber, beiße sich die Katze oft in den Schwanz, weil der Drang des Menschen nach Bestandssicherung größer sei als die Bereitschaft zu einer Wandlung. Wie auch kann etwas aufgegeben werden, von dem der Mensch bisher gelebt hat? Die eigentliche Tragik –so der Herr Professor- läge darin, dass diese Menschen glauben, sie hätten etwas anders machen können als sie es gemacht haben.

Von solch schlauer Rede aber hören die wenigsten Liebedorfer. Und wenn sie es denn hörten, hülfe ihnen solch eine Einlassung wohl kaum. Und so hat sich dieses „Ach hät i doch", und dieses „Wie konnt i nur", zu einer regelrechten Epidemie entwickelt. Heiner und Liselotte und Schober und Xenia sind schon richtig krank davon, dass sie´s viel zu wenig recht gemacht haben und immer wieder nicht schaffen, es recht zu machen. Vor allem leben sie -mehr oder weniger und kaum bewusst- in ihrer, zu ihrem Leben zugehörige, Anspannung, alles richtig machen zu müssen. Kaum mehr bekommen sie einen erfrischenden Schlaf. Und ihre Speisen munden ihnen auch nicht in rechter Weise. Weswegen Xenia oftmals ganz aufs Essen verzichtet und Heiner zum Ausgleich die zweifache und manchmal gar die dreifache Portion verdrückt. Mit letzter Kraft besorgen sie ihren Alltag, diese armen Seelen aus Liebedorf und seinem Umland. Sie kramen missmutig mal hierherum und mal da herum oder verlieren sich in irgendwelchen Aktivitäten. Heiner baut mit zusammengekniffenen Po ein Haus. Liselotte bedient ihre Anverwandten -und alle die ihren Weg kreuzen- immerzu mit den neusten Rezepten aus der Italienischen, Griechischen und Französischen Küche. Schober schiebt immerzu seinen Rasenmäher vor sich her oder frönt auch schön mal dem Büroschlaf. Xenia stolpert von Termin zu Termin. Mal in Highheels, mal in Puschen. Und es gibt den Friedolin. Der kaut, weil er es so getan hat wie er es getan hat und nicht anders, den lieben langen Tag lang an seinen Fingernägel herum. Und wäre es nicht so absurd, kaute er auch noch an den Nägeln seiner Frau herum. Die aber lässt ihre Fingernägel so lange wachsen, dass sie die Dinge nur so tun kann, wie´s mit solch einer Ausstattung eben grad noch möglich ist. Das ist auch eine Lösung. Nicht mal mehr kratzen kann sich's, wenn es sie einmal juckt. Einige Menschen treibt es in die Verzweiflung, dass sie es nicht recht gemacht haben und immer wieder mal nicht recht machen. Andere treibt es in religiöse Beschaulichkeit oder gar in eine esoterische Formelwelt. Und weil es gar so schlimm ist auszuhalten, die Angst, es wieder einmal nicht Richtige zu tun, respektive eben nicht richtig zu sein, kommen sie auf die kloreiche Idee, die Leutchen in Liebedorf, die Last von ihren Schultern zu nehmen und einem anderen aufzuladen. Nunmehr sagen sie allen die es hören wollen oder auch nicht hören wollen: Ach hättste doch! Wie konntest Du nur! Und: Ja du musst Doch! Oder, man muss doch! Und diejenigen, die wissen, wie schwer es ist, die Dinge anders zu machen, die sagen dann ganz einfach. Ja Du musst doch ganz einfach nur mal! Was ist denn da so schwer dran? Das verstehe ich nicht. Und sie zeigen und sagen jedem, wie leicht es ist, das zu schaffen, was der andere nicht schafft. Eine gute Idee. Eine Befreiungstaktik par excellence für die vielen, vielen Bürger von Liebedorf. Die sind jetzt richtig erleichtert, diese Leutchen. Für wenige Augenblicke wenigstens. Und damit ihr Glück länger anhält, lenken sie ihre Aufmerksamkeit vollends auf die Taten ihrer Freunde und Nachbahren und all jene welche allemal gut sind, Zeitschriften aus aller Welt mit den rechten Schlagzeilen auszustatten. Brillant, wie sich's retten! Glücklich sind die aber nicht. Können die auch nicht sein! Wie denn! Wie kann denn ein Mensch glücklich sein, wenn er den größten Teil seiner Lebensenergie darauf verwendet, sich ins rechte Licht zu rücken, und dieses Licht nichts anderes ist, als die Illusion, besser oder zumindest nicht so abgefahren zu sein wie die anderen es sind.

Die Bösen und die Guten

Krankenschwestern, gehören zu den Guten. So auch Ulrike, Ullis Frau. Autoschrotthändler, na ja, da muss Mann und Frau schon aufpassen. Ehrlichkeit auf dem Autofriedhof? Wer will das glauben? In Ullis Vorstellung jedenfalls ist auf dem Autoschrottplatz wenig Ehrlichkeit zu finden. Und das bekommt er bestätigt, nachdem ihm kein Autoschrottler entlang der langen, ja sehr langen Autoverwertungsstraße, auch nur einen müden Dollar für seine alte Schüssel bezahlen will. Das Gegenteil ist der Fall. Die wollen nicht nur nichts bezahlen, die wollen auch noch eine Gebühr für die Beseitigung seines heißgeliebten Weggefährten einkassieren. Da hilft es auch nicht, dass der Wagen erst kürzlich vier neue Schlappen bekommen hat, eine neue Wasserpumpe, neue Stoßdämpfer hinten und vorne, eine neue Lichtmaschine und einen Austauschanlasser. Und die Anhängerkupplung ist ja schließlich auch was wert, denkt Ulli. Und wollte er das gute Stück nicht unbedingt loswerden, weil ihm die Reparatur der Bremsanlage zu teuer ist, stände es wie immer schon lange wieder brav vor seiner Haustüre. Außerdem drängt ihn Ulrike, endlich mal ein verlässliches Fahrzeug zu besorgen. Ein Fahrzeug, mit dem sie ohne Bedenken in Urlaub fahren können und in dem genug Platz ist für drei Kindersitze und ihren Bernadiener. Und, dass sie ein langes Gesicht macht, wenn Ulli wieder und wieder am Schrauben ist, das lässt ihn auch nicht gerade kalt. Viel mehr allerdings erregt ihn die Unverschämtheit dieser Schrottler. Sieht er doch, wie sie die Einzelteile der Autos zu gutem Geld machen. Ulli ist richtig ärgerlich. Er versucht zu Handeln. Aber seine Reden bleiben ohne Erfolg. Schließlich lässt er sich auf die Bedingung des Händlers ein.

Weil die Einfahrt zum Gelände des Händlers versperrt ist, stellt er sein Schiff außerhalb auf einen Parkplatz ab. Damit war der Händler einverstanden. Sicher war er nicht damit einverstanden, dass Ulli vor lauter Wut, sämtliche Kabel aus dem Sicherungskasten gerissen hat. „Die wollen Geld für Schrott, also sollen sie auch Schrott bekommen" denkt er. Wohl ist ihm dabei nicht. In seinem Bauch gibt es eine eigentümliche Bewegung, und um die Nasenspitze herum ist er ganz weiß. Die sollen doch sehen, wie sie das Auto hier weg bekommen. Das ist nicht mehr als gerecht. Mit diesen Gedanken versucht er sich zu beruhigen. Aber das hilft nicht. Voller Aufregung, ja geradezu auf Hochspannung, geht er ins Büro des Händlers um den Fahrzeugschlüssel und den Kraftfahrzeugbrief abzugeben. Und die zwanzig Dollar zu bezahlen. Nachdem der Händler ihm den Empfang des Autos und der zwanzig Dollar Quittiert hat, verlässt Ulli gestellt ruhig das Gelände und eilt zu der etwa dreihundert Meter entfernten Straßenbahnhaltestelle. Angesichts seiner Angst, der Händler könne ihm noch nachlaufen und Vorhaltungen machen, versteckt er sich hinter der Wetterschutzeinrichtung der Bahnstation. Käme doch bald die Bahn, denkt Ulli fast unentwegt. Die Bahn aber lässt sich Zeit. Wie immer, wenn man keine Zeit hat. Sie kommt und kommt nicht. Wer kommt, ist der Autohändler. Ulli sieht ihn und dreht ihm unauffällig seinen Rücken entgegen. Sein Herz rutscht ihm in die Hose und Blässe um seine Nase herum breitet sich aus. „Nur nicht weich werden" redet Ulli sich ein. Er hört das Rufen des Händlers, und als ginge es ihn nichts an, geht er in die Knie und tut so, als müsse er seine Schuhe neu schnüren. Der Händler aber gibt nicht auf. Er eilt auf Ulli zu, klopft ihn auf die Schulter und wartet, bis Ulli sich umdreht. Dann reicht er Ulli seine Brieftasche und sagt, die haben sie bei mir liegen gelassen. Ulli ist verwirrt und zu gleich erleichtert. Er bedankt sich, und als er in der Bahn sitzt, stellt er fest, dass von den viertausendsechshundert Dollar die sich in seiner Brieftasche befanden, genau dreihundert Dollar fehlen. So ein Schwein, denkt Ulli. Eine teure Entschädigung für die paar rausgerissene Kabel. Ihm wird ganz heiß ob seiner Überlegung, zurück zu fahren und sich der Sache zu stellen. Wie aber, will er beweisen, dass in seiner Brieftasche viertausendsechshundert Dollar waren? Also fährt er nach Hause. Und weil er den Ärger in seinem Bauch loswerden will und keine Ruhe findet, erzählt er die Geschichte seiner Ulrike. Und er versteht nicht, warum Ulrike so herzlich darüber lacht. Die dreihundert Dollar nämlich, hatte sie aus seiner Tasche genommen.

Sie nennen ihn Joe

Ja, sie nennen ihn Joe. Und sie reden von ihm, als wären sie mit ihm persönlich bekannt. Obwohl keiner mit Sicherheit weiß, ob es ihn wirklich gibt. Aber sie erzählen von ihm. Und jeder der zuhört, weiß über ihn zu erzählen. Mal dieses, mal jenes, glaubliches und unglaubliches. Wenn das Erzählen beginnt, bekommt jeder große Ohren. Natürlich nur wer Ohren hat, oder nicht gerade im Tiefschlaf umherwandert.

Manchmal erzählen sie recht nachdenklich, manchmal mit einem tiefen Seufzer, und manchmal glänzen dabei ihre Augen als seien sie Joe selbst, oder doch zumindest einer seiner engsten Vertrauten. Am Ende der Geschichte, oder wenn der Tag zur Pflicht ruft, oder die Feierabendglocken läuten, sagt immer einer, „ja, das ist Joe". Oftmals sagen es Viele zur fast gleichen Zeit und so mancher, der das hört, könnte auf die Idee kommen, es handele sich hier um ein Gebet.

Ja, sie nennen ihn Joe! Das wissen nicht nur die Männer im Dorf, das wissen auch die Fabrikarbeiter in der Stadt, die Krankenschwestern in den Kliniken auf der ganzen Welt, und überhaupt wissen es alle Menschen die bei Verstand sind. Selbst die, die es nicht wissen wollen, wissen es, denn woher sollten sie wissen, was sie nicht wissen wollen.

Ja, sie nennen ihn Joe! Und sie erzählen, wie Joe durch die Lande zieht, dass er mal hier und mal dort, mal angekündigt und mal unverhofft auftaucht. Und die, die hoffen ihm zu begegnen, warten meist vergebens. Einige der Hoffenden fühlen ihre Enttäuschung darüber, dass er sich bei ihnen nie blicken lässt. Andere hingegen behaupten, er, Joe wisse genau, wann der rechte

Zeitpunkt einer Begegnung ist; und wer sich für Joe nicht wirklich öffnet, behaupten dritte, dem wird er auch niemals begegnen. Spezialisten, das sind Menschen, die ihr Lebtag lang nichts anderes im Kopf haben als Joe, die erzählen Land auf und Land ab, Joe sei wie der Wind der blase wo und wann er will.

Es begibt sich aber, dass Lieschen Müller alias Chantal, alias Nicole, eines Tages, die Sonne steht gerade genau über ihr Haupt, eine recht seltsame Begegnung hat. Und dies, mitten im Bahnhofsviertel der Stadt Frankfurt am Main. Kein Mensch und kein Schwein kann sehen wer er ist, der Lieschen Müller da gerade mit sich konfrontiert. Alle schauen nur auf Lieschen, die wie in Trance ihre Arme ausbreitet und verkündet, dass Joe gerade vor ihr steht und ihr sagt, dass er wieder kommt für alle Ewigkeit. Nunmehr beginnt eine tolle Zeit. Nicht alles, dass Lieschen Müllers Joe Anlass gibt, unsere Erde zu einem Tollhaus zu machen, nein, ihre Anhänger behaupten gar, das Ganze diene dem Großen Plan. Und während sich die Diener des Lichtes mal mehr und mal weniger mit Gewalt, also auch per Raketen um den Plan streiten, behaupten andere Heilsbringer, Lieschen Müller leide lediglich unter einer Psychose. Sie sei sozusagen eine multiple Persönlichkeit. Immerhin! Lieschen Müller besitzt inzwischen einen Aschram im Allgäu, einen Lehrstuhl in Köln, eine Rederei in Hamburg, einen Verlag in Zürich, und eine Gemeinde in Virginia. Und sie besitzt eine große Anhängerschaft, die versucht, sich an ihrer Stelle zu bringen. Einige tun das in ihrem Namen, und andere in ihren Namen.

Majaschahs jüngste Tochter

Majaschahs jüngste Tochter zieht von Ort zu Ort, weiß sie doch nicht, was ihrer Seele Wunsch ist. Kaum hat sie das Kirchlein des kleinen Dorfes, welches aus der Ferne mit seinen Dächlein, ihr Geborgenheit verspricht, erreicht, kommt´s Teufelein in sie und verlangt nach der großen Stadt. Ich will es doch mal probieren, wie es ist hier, widerspricht sie ihm und langt endlich an, an der Pforte unter dem Türmchen. Kaum aber hat sie den einen Fuß über die Schwelle gesetzt, zieht der andere sie sogleich zurück. Da sitzt sie nun am Brünnlein und weiß nicht, welchen Weg sie einschlagen soll. Aus allen Richtungen Ruft es: „hier ist´s recht" und „hier schau lang" und „hier hast Du es schön", und „hier solltest Du laufen" oder „hier wird es Dir gut ergehen" oder „hier findest du deine Ruhe". Und das kleine Fleckchen Erde welches sie eingenommen hat, spricht gleich mit drei Stimmen: „ mach Dich auf, hier ist keine gut Weil" und „bleib, so wie´s ist, ist das Sein allemal gut für dich" und „nimm mehr von mir, für wen musst Du hier rum sitzen, für wen brauchst rum laufen?" „Ach, könnte ich dich mein eigen nennen", antwortet die Jüngste, „dann wüsste ich mich schon recht zu betten, so aber muss ich weiter wandern, bis meiner Seele Wunsch mich beflügelt und ich Abschied nehmen will. „Glaubst wohl noch immer an bessere Tage" zwitschert die Amsel aus ihrem Nest heraus. „Möchte ich schon" antwortet die Jüngste. „Dann tue es mir nach" maunzt die Katze vom Rande des Brunnens runter. „Nein, nein" antwortet sie, „da müsst ich ja die Nacht zum Tag und den Tag zur Nacht machen". Und wie die Marktleute aufziehen um ihre Ware feil zu bieten, und die Kinder alle weil umeinander rennen, weil´s Spaß haben wollen, oder stehlen was sie brauchen, damit´s Mamerl oder Paperl sie lieb haben, da vernimmt die Jüngste die wundersamen Klänge der Drehorgel. Und kaum haben sie sich niedergelassen in ihr, grad mal ein Spältlein des Türleins zu ihren Herzen geöffnet, da steht an der Jüngsten Seite, der Drehorgelmann, zieht mit einer tiefen Verbeugung seinen Hut und sagt: „Bist wohl auf der Suche und kennst nimmer deines Lebens Zweck. Komm mit und erlern das Handwerk der Rollenspielerin." Alsbald sind alle Bühnen der Welt, der Jüngsten Heimat. Mal ist sie eine Prinzessin, mal ein altes Marktweib. Mal ist sie die Kriegerische, mal die Friedfertige. Ihr Umhang ist mal Perlenbestickt und ein anderesmal aus einfachster Leine gefertigt. Mal sitzt sie hoch zu Ross, mal trägt sie das gebundene Reisig auf ihrem Buckel. Mal tanzt sie, mal hinkt sie. Und es gibt kaum eine Rolle, die, die Jüngste nicht schon gespielt hat oder doch spielen könnte. Allein die Rolle des Drehorgelmannes hat sie niemals gespielt. Aber immer öfter und immer öfter vernimmt sie die Klänge der Drehorgel. Nun setzt sie ihre Schritte weitaus bedächtiger als zuvor, und immer bedächtiger, bis abermals nur noch ein Fuß nach vorne will und der andere sie zurückzieht. Das Brünnlein will´s wohl nicht finden und gerade noch zur rechten Zeit hört sie wie Mutter Majaschah sie fragt:" Mein Kind, mein Kind, warum friert ihr so?" Da macht die jüngste sich auf und betritt das Land des Schweigens. Sicher ist sie sich nicht, ob´s vielleicht doch eine neue Rolle nur ist. Doch weder Applaus noch Tadel für ihr Schweigen rührt sie. Allein die Tönlein der Drehorgel bewegt ihr Herz. Und da setzt sie ihre Füße nach vorne und dreht die Orgel und tut´s dem Drehorgelmann gleich, und lädt die Menschen ein zu spielen und zu verharren in diesen und in jenen Augenblicken. Und ihre Seele findet sich so recht ein in ihr. Eintausend und ein Jahr nun zieht sie Land auf und Land ab und erinnert, wen es erinnern will. Von der jüngsten freilich wissen´s nicht allzu viel die Bürger dieser Welt. Als Drehorgelfrau, ganz einfach als Drehorgelfrau hat sie sich verdingt, und der Himmel weiß, ob sie nicht doch wieder inmitten einer großen Stadt zu erinnern sucht und Mutter Majaschah die Ehre gibt. Knoggi, der Bügler von nebenan sagt, er habe gehört, dass tief in den arabischen Ländern eine Frau lebt, die mit ihrer Drehorgel den Menschen hilft, ihre Seele zu finden. Einige im Lande wollen wissen, dass diese Frau die zurückgekommene jüngste Tochter von Mutter Majaschah ist.

Herz aus Glas

Anna Maja lebt schon 42 Jahre in Liebedorf und neuerdings in jenem Viertel, welches von den Liebedorfer Kanada genannt wird. Ursprünglich lebte sie in der Region Polen und hofft nun, dass sie -hier in Kanada- ihr Leben neu beginnen kann. Doch manchmal ist sie ziemlich hoffnungslos, will sie doch nicht so recht an ihren Erfolg glauben. Sie hat keine Familie, die sie unterstützen könnte, und sie hat auch keine Arbeit. Ihr Brot kauft sie von ihrem Ersparten und sie hat Angst, dass sie eines Tages vor dem Nichts steht. In ihrer Wohnung steht ein Klavier, und auf dem Klavier stehen einige Bilder aus ihren Kindertagen. Anna Maia weiß nicht, warum sie das schwere Klavier über das große Wasser transportiert hat, sie hat schon seit Jahren nicht mehr darauf gespielt und will das auch in Zukunft nicht tun.

Auf ihre Bilder schaut sie auch nicht gerne. Sie nimmt sie wahr, wie sie die Gardinen an den Fenstern wahrnimmt, oder das Schlagen ihres Herzens. Heute scheint nicht ihr Tag zu sein. Anna Maja ist in ihrer Badewanne eingeschlafen und sie hat vergessen ihren Reisbrei von der Kochplatte zu nehmen. Dicke, stinkende Rauchschwaden lösen die Sprinkleranlage aus. Jetzt besitzt sie vorerst zwei Duschen. Eine in ihrem Bad und eine in ihrem Wohnzimmer. Aber das weiß sie nicht. Noch nicht! Weit entfernt und wie in einem Traum hört Anna Maja Sirenen der Feuerwehr und sie nimmt lautes Gepolter und Geklopfe wahr. Und wie sie ihre Augen öffnet, steht vor ihr eine dunkle und mächtige Gestalt mit einem Gelben Kopf und einer seltsamen Fratze. Die Gestalt nimmt aus ihrer Umhängetasche eine zweite Fratze und hält sie vor Anna Majas Gesicht. Anna Maja erschrickt so sehr, dass sie nur noch laut schreien kann. Was sie denn auch tut. Sofort stürzen zwei weitere Feuerwehrmänner in das enge Bad. Dabei stoßen sie ihren Kollegen, unabsichtlich natürlich, in die Badewanne. Der liegt nun zappelnd, wie ein auf den Rücken geworfener Riesenkäfer auf Anna Maja. Das ist Zuviel für Anna Maja. Ihr wird schwarz vor Augen und schnell schwebt sie in die Leere.

Als Anna Maja wieder wach wird, liegt sie auf einer Trage im Fahrzeug der Rettungswacht. Eine Ärztin streichelt ihre Wange und schaut sie an, als wolle sie einen neuen Erdenbürger will-kommen heißen. Für einen winzigen, mega winzigen Augen-blick glaubt Anna Maja im Himmel zu sein. Dicke Tränen verlas-sen ihre Augen. „Sind sie ein Engel"? möchte Anna Maja fragen. Stattdessen, hört sie sich sagen. „Warum bin ich hier und nicht in meine Wohnung?" „Sie sind in der Badewanne ohnmächtig geworden" antwortet die Ärztin. Wann kann ich denn wieder in meine Wohnung gehen? Fragt Anna Maja. Die Ärztin antwortet: „Sobald sie wieder laufen können." „Und warum soll ich nicht laufen können" fragt Anna Maja beängstigt? „Weil sie liegen" sagt die Ärztin lachend. Jetzt muss Anna Maja auch lachen und richtet sich langsam auf. Ein Sanitäter hilft ihr von der Trage herunter und reicht ihr ihren Mantel. Seltsam! Denkt sie, der junge Mann schaut mich an, wie es die Ärztin getan hat. Ob ich träume, oder gar im Himmel bin? Vielleicht haben die mir was gespritzt und ich sehe die Welt endlich einmal anders. Anna Maja fröstelt über die Wärme, die aus ihrem Bauch nach oben steigen will. Nicht jetzt durchströmt es sie, und aus dem unsicheren Zucken ihres Mundes formt sich ein ebenso freundliches wie hilfloses Lächeln.

Bevor Anna Maja den Wagen verlässt, sagt die Ärztin zu ihr. „Ich bin übrigens die Maria Anna. Ich gebe Dir meine Karte und wenn Du Kummer hast, ruf mich an, ich freue mich."

Anna Maja bedankt und verabschiedet sich, und steigt aus dem Rettungsfahrzeug. Sie fühlt ihre unsicheren Schritte und sieht ihren dunkelblauen Mantel, der sich ganz ohne ihr Zutun fort zu bewegen scheint. In ihrem Kopf sieht sie mit großen Buchstaben geschrieben: ICH FREUE MICH. Und das will nicht weggehen.

Ein Feuerwehrmann kommt auf sie zu und sagt: „Hallo, ich bin der Mann, der mit ihnen ein Bad nehmen wollte. Wenn ich ihnen helfen kann, sagen sie es, ich freue mich." Anna Maja ist mächtig irritiert. Sie weiß nicht, was sie sagen will und beißt ihre Zähne noch fester aufeinander. Ihre Schritte werden noch unsicherer. Sie spürt kaum mehr den Boden unter ihren Füßen. Das freundliche Lachen des Feuerwehrmannes wird zu einem überheblichen Grinsen. Sie versucht das Gesicht der Ärztin zu erinnern, aber sie sieht nur noch den weißen Kittel. Ärger überkommt sie. Ärger über sich und Ärger über die ganze Welt. „Ich freue mich nicht" sagt Anna Maja halblaut dem Feuerwehrmann zugewandt, der wie ein großer Schutzschild neben ihr herläuft. In ihren Gedanken wiederholen sich diese Worte, als suche sie nach deren Bedeutung.

Der Feuerwehrmann hält Anna Maja die Türe zu ihrer Wohnung auf. Tschüs, „ich komme morgen noch mal vorbei, sagt er. Wegen des Protokolls" setzt er nach und verschwindet in die angebrochene Nacht. Anna Maja betritt ihre Wohnung und sieht erst jetzt, das ganze Ausmaß ihres Missgeschickes. Sie setzt sich in den einzig noch halbwegs trockenen Sessel und vergräbt ihr Gesicht in ihren Händen. Sie will nichts sehen, nicht denken und nicht fühlen und sieht doch die lange Nacht vor sich, in der sie kein Auge zu machen wird. Sie hasst solche Nächte. Mit größtem Widerwillen entscheidet sie sich für Aufräumen. Auf dem Weg zur Besenkammer stößt sie mit ihrer Hüfte heftig gegen das Klavier. Voller Wut und Verzweiflung tritt sie gegen das schwarze Ungetüm und kehrt mit ihrem Arm alles runter, was da drauf steht. Sie kocht. Am liebsten möchte sie noch auf ihre Bilder herum trampeln und alles zerschlagen was sie in ihre Hände bekommen kann. Aber sie beißt ihre Zähne zusammen, geht in ihr Schlafzimmer, zündet eine Kerze an, die auf ihrem kleinen Altar steht, kniet nieder, und bittet Mutter Marie, dass sie bei Gott ein gutes Wort für sie einlegt. Dann schaut sie auf die Christusikone und betet ständig wiederholend, das Vater unser. Ihre Knie beginnen zu schmerzen und das ist ihr gerade recht. In ihrer Phantasie kniet sie vor dem Heiligen Vater in Rom und hofft auf seinen Segen. Der segnet sie auch. Aber sie bleibt unberührt davon.

Anna Maja gibt auf. Sie legt sich in ihr Bett. Sie friert. Sie friert so sehr, dass sie ihren Winterschlafanzug anzieht, zusätzlich noch zwei Wolldecken auf Ihr Bett legt und zwei Wärmeflaschen mitnimmt. Eine für ihre Füße, und eine für ihren Bauch. Gegen Morgen, die ersten Vögel beginnen bereits zu zwitschern, schläft sie endlich ein.

Etwa zur zehnten Stunde wird Anna Maja durch die Hausschelle geweckt. Sofort kommt ihr der Feuerwehrmann in den Sinn. Einen Moment lang will sie liegen bleiben, doch dann springt sie auf, zieht sich ihren Bademandel über und öffnet vorsichtig die Wohnungstüre. Und er ist es. Wie gestriegelt und gebügelt steht er vor ihrer Türe. „Bitte, komm herein" sagt Anna Maja. Und ohne Pause fährt sie fort, „es sieht allerdings noch schlimm aus bei mir. Ich bin noch nicht dazu gekommen, aufzuräumen. Und jetzt sag nicht, das macht nichts, ich werde Dir schon nicht Aufräumen. Das sagt nämlich immer meine Tante, wenn sie mich besucht. Das heißt, jetzt kann sie mich nicht mehr besuchen, sie ist zu weit weg. Ich habe noch keinen

Café gehabt. Trinkst du einen mit? Mit Milch und Zucker? Du kannst auch einen Kognak bekommen. Ich gehe mich nur schnell anziehen. Ach ja, schau mal, ob Du einen Platz findest. Also ich bin gleich wieder da." Anna Maja geht in ihr Schlafzimmer und ist nach zwei Minuten zurück.

Wie geht diese Geschichte weiter??? Anna Maja angelt sich noch viele Feuerwehrmänner. So lange vermutlich, bis sie den gefunden hat, der ihren Seelebrand löschen kann, ohne sie zu Überschwemmen. Vor allem darf sie keine Kinder kriegen, denn die könnten behindert sein –als Strafe für ihre Lust, als der Herr Kaplan sie – das noch junge Mädchen- berührte. Und sie glaubt, nur richtig zu sein, wenn sie leidet. Keine leichte Aufgabe für einen Feuerwehrmann!

Die Wunschmimi

Am Rande von Liebedorf, ganz am Rande, unweit eines kleinen Baches welcher unablässig sich abmüht, den großen, hinter den hohen Tannen liegenden See mit Frischem zu füllen, steht ein Türmchen, an dem doch mindestens fünf oder sechs oder gar sieben Baumeister Hand angelegt haben müssen. Mal sind Steine aufeinander und ineinander gestellt, wie sie grad aus der Bergwand gebrochen sind; mal sind Steine zusammengebracht, fein säuberlich behauene, wie sie sich alleweil an den großen Kathedralen in den Städten von Liebedorf anschauen lassen. Und zwischendrin hat´s die kleinen, hellen und dunklen aus Lehm gebrannten, die Mäuerchen des Türmchens. Seine Öffnungen sind mal rund wie der Mond, und mal eckig; Akkurat vermessen, wie´s niemals sich einfindet in dem, was nicht von Menschenhand ist. Das Dächlein des Türmchen ist rund und spitz, gerade so wie Mimis Zuckertüte, die allerdings nur noch im Vorgestellten gegenwärtig ist, wenn Mimi das Dachstühlchen betritt, um, so von oben gesehen, aus der Dachluke hinausschauend, ihre Welt aufs neue zu ordnen. Niemals hat sie ihre Füße weiter gesetzt, als das Türmchen am Morgen und am Abend seinen Schatten wirft. Ach könnt ich doch in so einer weisen Wolke sitzen und schauen, wie es ist, da draußen, wünscht sie sich in solchen Augenblicken. Im Nächsten Augenblick bereits, zieht sie es ins sichere Stübchen, in dem sie, in beiden Richtungen, gerade zweimal mit ausgestreckten Armen stehen könnte, ständen da nicht schon ihre Möbelchen. Das Stübchen befindet sich direkt unter dem Dachstühlchen und von unten gerechnet genau achtzig Mauerstufen nach oben. Und es kommt schon mal vor, wenn Mimi ihr Stübchen fegt, oder mit dem heißen Stein ihr Schürzelein plättet, oder ihr Tischlein zu decken angeht, und sie ganz ohne Worte ist, dass sie glaubt, sie sei eins mit dem Türmchen und den Dingen die in ihm wohnen. Zuweilen aber, da stößt es an, dat Mimi. Und wenn der Schmerz gar arg ist, wird er noch arger, weil keine Seele sich einfindet zum Teilen. Die Bildlein von Mama und Papa wollen den rechten Trost nicht geben. Wenngleich sie Mimis Kraft sind, Tag für Tag die Stunden zu füllen und dem Trübsinn ihre ausgestreckte Zunge zu zeigen. Dem Trübsinn freilich ist´s grad egal, weiß er doch um seine Lebendigkeit. Und er weiß, dass er nur vorübergehend sich seiner Mimi nicht zeigen darf. Gerne gäbe er- dieser Trübsinn- sich seiner Mimi als das zu erkennen, was er eigentlich ist. Dies freilich ist alleine der Mimi vorbehalten. Nur Mimi kann ihn entzaubern und ins rechte Licht stellen. Freilich nicht alleine, dazu braucht sie schon Hilfe, dat Mimmi. Wie aber kann dat Mimmi sich Hilfe holen, wenn das oberste Gebot in ihr herrscht, dass sie nur gut ist, wenn sie ihr Leben ohne Hilfe lebt. Schließlich, so sagt sie, sei sie keine eine Versagerin und auch nicht verrückt.

Hinter den Blauen Bergen

Ganz hoch im Norden von Liebedorf, hinter den blauen Bergen, da hausen drei Brüder mit ihrem alternden Vater, ganz ohne Mütterchen. Und kein Madel schickt sich an, auch nur eine Meile von ihnen entfernt, sich niederzulassen. Da ist es nicht verwunderlich, dass der alte recht kauzig daherkommt und die Brüder im Streit miteinander liegen, solange die Sonne den Tag erhellt. Und in den kalten Tagen auch darüber hinaus. Und hätten die vor hundert Jahren schon gelebt und Schießeisen an ihren Hüften getragen, jeder weiß, welch Unschicklichkeiten dann den Tag hätte trüben können. Jetzt aber, in Zeiten also, in denen die Vernunft das Zepter in der Hand hält, geht es weit weniger gefährlich zu. Derbe Worte und derbe Späße bestimmen ihren Alltag. Jeder teilt aus und jeder steckt ein. Mal hat der eine das Lachen, mal der andere. Tränen gibt es allenfalls, wenn ihr Lachen mal nicht enden will, weil der, der den Schaden hat, allzu dumm drein schaut. Jeder weiß, was er zu erwarten hat, und keiner kommt auch nur auf die Idee, in seinem Bruder einen Mensch zu sehen, der er nicht ist. Und so stellt sich in ihrem streitbaren Leben dann doch noch eine gewisse Harmonie ein. Ihr Leben hätte so weitergehen können bis an´s Ende ihrer Tage. Doch es lässt sich an, dass der Kurze das Kränkeln beginnt. Seine Brüder aber wollen´s nicht wahrhaben. Lieber setzten sie nach jedem Schabernack dem sie ihm spielen, einen weiteren und noch größeren Schabernack obendrauf und verspotten ihn. Sie nennen ihn Weichei und Looser, und wenn ihm Wasser in seine Augen kommen will, werden sie noch härter und so hart, dass es zurück bleibt, das Wasser. Da dauert es nicht lange, da wird dem Jüngsten das Herz schwer. Und einige Zeit darauf, werden auch seine Beine schwer und immer schwerer. Bei jedem Schritt den er zur Türe hinaus setzen will, quält´s ihm in der Seele. Allein der Zigglein zuliebe, die von des Alten Weib und seiner Brüder Mutter, zurückgelassen sind, hält er seinem Dasein die Treue. So will er´s den Brüdern auch verzeihen und ist doch ganz unglücklich. Oftmals dünkt ihn, dieser Welt, in der nicht gut Kirschen essen ist, seinen Rücken zu zeigen und das Glück anderen Orts zu suchen.

Dem Alten bleibt´s nicht verborgen. Und weil nichts helfen will, ruft er seine Söhne zusammen und sagt: „Es ist kein rechtes Leben mehr hier hinter den blauen Bergen, darum mache ich mich auf die Suche nach einer anderen Seele." Dann packt er seinen Ranzen, holt den Rabben aus dem Stall und galoppiert davon. Der älteste fackelt nicht lange, packt ebenfalls seinen Ranzen und reitet mit der alten Stute hintendrein. Auch den mittleren packt es. Mit schnellem Schritt eilt er in den Stall, zieht dem Esel die Taschen auf und reitet seines Weges.

Der Kurze aber läuft in die Stube, zündet eine Kerze an und bittet den lieben Herrgott, dass er seinen Vater und seine Brüder beschützen möge. Dann geht er in den Stall zu seinen Zigglein, versorgt sie mit Heu, legt sich neben sie und schläft ein.

In der Nacht, als der Mond so hell leuchtet, als wolle er der Sonne nachkommen, träumt der Kurze sich ans Meer. Dort trifft er auf seine Brüder und auf seinen Vater. Allein, sie sagen nichts.

Nunmehr kämpft der Kurze Tage und Wochen –vielleicht gar sein ganzes Leben lang- darum, zu bleiben oder zu gehen. Und er bleibt, ohne wirklich zu bleiben. Und er geht, ohne wirklich zu gehen. Und damit, ist er in Liebedorf bei Weitem nicht allein. Auch, wenn er Menschen begegnet, die ihm immer und immer wieder sagen, er müsse sich doch einfach nur mal entscheiden. Und wenn er das nicht schaffe, da sei er doch selbst schuld, schließlich trage ja jeder selbst die Verantwortung für sein Leben. Und einige sagen das, obgleich sie –bezogen auf ihren eigenen Lebenswandel- auch noch keine rechte, das heißt heilsame Antworten gefunden haben. Das muss ihnen nicht mal bewusst sein. Und solange deren Haltegriffe respektive Antworten sich in die Schnittmenge des gesellschaftlichen Seins einigermaßen einfügen lassen, können sie ihrer Welt mit Fug und Recht ein OK zusprechen; entsprechend ihres Vermögens, sich zuzulassen oder abzuwehren.

Gestreiftes und Kariertes

Die mit Blau überschriebe Texte, entsprechen Themen, welche mir in einer Schreibwerkstatt des Diakonischen Werkes gegeben wurden.

Die Kund

Es geht aber eine Kunde übers Land, dass ein jeder sich schätzen lasse, nach Gewicht und Kraft und Haltung. Alsbald machen die Leute sich auf, zu schauen ob´s genug ist davon, und das Rechte. Und sie fangen das Laufen an um zu mehren und zu richten, was der Schätzung hingegeben. Männer und Frauen lassen sich an, ihren Brüdern und Schwestern Spuren zu legen, wie sie es denn erreichen, der Schätzung genüge zu sein. Mütter und Väter tun es ihnen gleich, damit´s die Kindlein ebenfalls schätzen können. Freilich, unterscheiden sich die Spuren voneinander und Streit kommt auf, welche denn die rechten Spuren seien. Und so geschieht es, das alle umeinander laufen, ein jeder gegen jeden, oder miteinander gegen die anderen. Obgleich es ihnen mächtig gegen Ihr Gemüt geht. Und einige haben, weil´s gar so geschätzt, auch Freude oder doch wenigstens Genugtun daran. So bleibt es nicht aus, dass heftige Wirren die Städte und Dörfer erreichen. Und die Jahre lassen nicht lange auf sich warten, als dann die Menschen mit vielen sichtbaren und unsichtbaren Päckchen und Pakete beladen, ihren Alltag überstehen müssen. Und die Sonntage ebenfalls. Und weil die Last von Tag zu Tag und von Jahr zu Jahr schwerer zu tragen ist, und ihr Gemüt ihnen keine Ruhe lässt, beginnen einige, allerlei Vergnügungen gegen ihr Dasein zu erheben. Weitere Zeitgenossen gesellen sich hinzu, mehr und mehr. Und wem im Kampf sein Rüstzeug verloren ist, der hat kaum eine Chance Hände zu ergreifen. Und manch einer, der sicher gekleidet ist, greift ebenso wenig nach Händen. Und mehr und mehr Menschen verirren sich in den Wirren dieser Zeit. Und Figuren bringen sich hervor, die ihr gutes Hemd mit einem Ungetüm aus Eisen tauschen. Und Seelenkundige bringen sich hervor, und Schriftgelehrte, und weise Männer, und Enterbte, und Entrechtete, und Vergessene, und Verlassene, und Riesen, und Zwerge, und die, die da sind, ohne da zu sein. Vielen von denen, die sich hervorbringen, ist nicht erlaubt, ihren Irrtum zu erkennen, denn immer noch geht die Kunde übers Land, dass ein jeder sich schätzen lasse nach Gewicht und Kraft und Haltung. Und wenn sie nicht geheilt sind, so leben sie noch immer. Vielleicht!

Erinnerungen

Erinnerungen, die bleiben.
Erinnerungen verwehen,
gleich wohl, sie mit uns gehen.
Bestätigen, was richtig,
was wichtig, was nichtig,
was falsch.
Heimlich still und leise,
mischen sie mit, auf unsre Reise.
Erinnerungen, die bleiben,
für kurz oder lang, offen oder versteckt,
belastend oder befreiend,
als Zugmaschine oder im Schlepptau.
Erinnerungen, die bleiben,
machen uns mächtig,
machen uns trächtig,
haben besondere Macht,
wenn wer, was kaputt gemacht.
Erinnerungen belegen uns mit Scham,
belegen uns mit Cram.
Erinnerungen werden versteckt,
damit nicht aufgedeckt,
was unvereinbar mit jenen Idealen,
welche täglich wir uns neu ausmalen.
Erinnerungen, die bleiben oft verschwunden
hinter neuen Wunden,
oder tickern an,
was nicht darf,
aber kann.

Vergänglichkeit
Was geht Sie es an.
Noch ist Ihr Hunger dran.
Vergänglichkeit, längst erahnt,
sie zur Vorsicht mahnt.
Vergänglichkeit bedrängt sie, zu stillen den großen Hunger.
Ist es die Vergänglichkeit,
die Ihr leise sagt,
für Dich,
da gibt es keinen mehr?

Laute Stille,
Stille Laute.
Laut und leise,
Leise und Stumm.
Stumm und starr ruht die See.
Seelenruhig naht unaufhaltsam die Nacht
Nachtlichter öffnen den weiten Raum.
Raumbewohner schlafen.
Schlafen nah und fern ihrer Herzen.
Herzschmerzen reisen durch die Welten.
Weltenschmerz berühren Herzen.
Herzen, die Verbunden mit den Kindern dieser Welt.
Weltraumprogramme übertönen die stillen Laute.
Laute Stille ruft auf zur lauten Laute und zur stillen Stille.

Ich bin Christ,
und wie es als Christ so ist
und auch bei dem Buddhist,
ebenso beim Juden
und allen andren „Guten,"
strebe ich an, ein Gleichgewicht
zwischen meiner Freiheit und der Pflicht.
Die Freiheit, mich zufrieden auszuruhen,
Um dann mit Kraft, was für die Welt zu tun.

Doch allein nicht nur für Dich,
sondern ebenso für mich.
Bin stets darauf bedacht,
dass der Clown in mir noch lacht,
dass meine Leidenschaft
wenigst möglich
Leiden schafft.
Bin zuweilen unerzöglich,
laufe gegen diesen und jenen Strich.
Und gelegentlich,
passe ich mich einfach an,
weil ich es nicht anders kann.
Und auch nicht anders will.
Bin in die Welt hineingeboren,
Und damit auserkoren,
zu ringen,
um hervorzubringen,
was Gott in mir so angelegt.
Und wenn's den Andern gar zu sehr erregt
Ist's an ihm, zu ringen,
um sich hervorzubringen.
Das zu schauen,
darauf kommt es an,
damit sich was verändern kann.
Worauf zu bauen,
Heilung möglich wird.
Sich also neu gebiert,
Was so oft schon geboren,
sich in den Schatten hat verloren.

Dankbarkeit

Das ist des Dieners Pflicht.
Sein Herr dagegen,
der übt sie nicht.
Wofür auch sollt der Herr,
dem Menschen danken?
Vielleicht ja, weil es ihm gelungen ist!
Aber was?
Sich das ihm Mögliche aus den Möglichkeiten zu ermöglichen!
Dem einen dies!
Dem andren das!
So wurde die Welt zu einem Fass,
in dem es ohne unterlass
brodelt und jodelt.
Und weil an diesem Fass auch noch
ein super riesengroßes Loch
schwebt im Raum
zu erkennen kaum
dieses ständige hantieren
welches kaum noch zu kapieren
als ein gesundes Streben
nach einem gottgewollten Leben.

Der Plan

Was ist aus ihm geworden?
Es herrschen der Clan
Und auch das Morden.
Opa verliert seinen Zahn,
Omi hebt ihn auf.
Das ist der Welten Lauf.
Laufen, laufen, raufen,
der Maximilian will die Liebe kaufen.
Der Lumbi wackelt mit dem Schwanz,
springt auf der Bühne durch einen Kranz,
und gewinnt die hunderttausend Piepen.
Und hunderttausend, die vom Krieg vertrieben,

bedrohen der Herren Gott.
Der Plan, schon fast bankrott,
sieht jedoch noch vor,
hier und da ein Fußballtor,
die Tafel für die Armen,
und Ampeln, die uns warnen.
Auch, vor dem großen Plan,
unter Umgehung der Scheiße,
auf sicherer Gleise
in das Glück zu fahrn.

Ne Nuss
in mitten seines Gleichen,
und weihnachtlich geschmückt,
einsam sich hervor tut
weil sie gegessen werden muss.
Heimlich
vom kleinen Heinrich
der von da an, ob Mutters göttlich Straf,
Frauenzimmer nur noch traf,
die ihn allesamt,
liebten als Frau Unbekannt.
So hat der Heinrich immer was zu knacken.
In Memoria
oder seiner Sehnsucht nach einer Frau aus Kanada.

Die Liebe ist ein Ungefähr,
will sich so recht nicht zeigen.
Tanzen mit ihr doch im Reigen,
oder wild umher,
so viel andere Göttlichkeiten

Die Kraft der Kunst
Die Kunst und die Vernunft
sind wohl ein Paar,
dem nicht immer gewahr,
wie sie sich -ob ihres Streitens- binden
an einer Übereinkunft
ihre Werke so zu gestalten,
dass beide sich darin finden
und damit, ihre Würde und Ehe beibehalten.

Doch das gelingt nicht immer.
Dann, braucht jede, ihr eigenes Zimmer.
Die Kunst nunmehr ganz ungebunden
wühlt geradezu ganz unverhohlen,
mit Farbe und Pinsel in den Wunden,
und auf dem Bild, schreit grinsend ein kleines Fohlen.

Die Vernunft indes, führt Selbstgespräche noch und nöcher,
versucht zu stopfen diese Löcher,
welche sie, mit Ihren Fragen selbst gerissen.
Ihre Situation, scheint aussichtslos und, na ihr wisst schon.

Und ist dieser Vernunft nun nicht bekannt,
die Kunst des Herren Emmanuel Kant,
der diese Vernunft –schon lang ist`s her- erhoben,
das heißt, in den Stand einer ausgeglichenen Gerichtbarkeit
geschoben,
bleibt ihr noch, statt immer weiter gegen Wände zu rennen,
oder sich weiter nur im Kreise zu drehen.
sich doch gelegentlich, auch in diesem kleinen Fohlen zu
erkennen,
dem des Lebens Wehen,
die Kraft der Kunst erweist.

Die Kraft der Kunst kommt jedem zu
der die Kunst der Kraft entdeckt
die sich in all dem versteckt,

was uns nur scheinbar, lässt in Ruh,
und in jeder Türspalt steckt seinen Fuß,
der Kunst zum Gruß.

Die Kunst der Kraft kommt jedem zu,
der in seinen Werken findet Ruh,
wenn er dabei aufgedeckt,
was zuvor er hat versteckt.

Die Kunst der Kraft, eine Jede streift,
so sie, weder die Kunst, noch sich selbst versteift.
Was recht oft geschieht,
wenn ihr Streben nach Anerkennung blüht.
Davon abzulassen ist geboten,
weil dieses Streben, ein Fass ist ohne Boden.
Niemals wird das Werk den Menschen so recht erfüllen,
wenn er braucht, der Lobes Hüllen.

Horea Volant
Dem Alten ist's längst bekannt.
Seine Stunden verfliegen.
So Vieles bleibt liegen.
Und in ihm, erklingt ein Lied.

Die Xte Liebe.
Ein Haus gebaut,
mit Liebe, Angst und Müh
noch ganz roh in seinem Gefach
mit halben Dach.
Da liegt es schon in Trümmern.
Wen soll das noch kümmern?
Wen soll das noch kümmern?

Menschlichkeit
an allen Orten
Gefasst in Worten
Versehen mit Orden
Oder ganz und gar verworfen.

Menschlichkeit
gegeben,
Empfangen,
Unterschieden,
Eingetrieben,
Aufgerieben,
Abgetrieben.

Menschlichkeit
Die eine für die Anderen
Die Andere,
Sie liegt daneben,
Und oft dagegen.

Menschlichkeit,
der Menschlichkeit entsprungen,
Berührt,
Gerührt,
Püriert,
Einsortiert.
Immer ist sie gelungen.
Denn, ganz menschlich auch,
ist der Brauch,
den Unhold zu benennen,
und das Menschliche von Menschlichem zu trennen.
Welche Menschlichkeit nun,
kann es schaffen,
dass wir's endlich raffen
und erkennen,
es schafft ohne Ende,
immer mehr noch,

der schreienden Hände
und der Seelen Loch,
wenn wir ständig,
ganz menschlich,
um Ehre und Anerkennung rennen.
Welche Menschlichkeit nun ist uns angetan,
wenn wir ohne Zaudern
unsre Welt entzaubern.
Das heißt, uns Entpuppen zu Menschen,
die der Unmenschlichkeit des Menschlichen
derart begegnen,
dass sich´s fortsetzt, Heilung zu regnen.

Den Weihnachtsbaum,
Den gibt es nicht.
Auch wenn ein jeder von ihm Spricht.
Allenfalls als Kunstprodukt
will ich ihn so benennen.
Folge halt lieber den Konditionen,
als dem Rennen
mit den Traditionen.

Das Zimmer

Ein Raum, drei Stühle.
Ein Dreieck
Sich gegenüber sitzend, ein Paar.
Ein Therapeut, ihnen zugewandt.
Vom Turm Glockengeläut.
In der Ferne eine Sirene.
In Ihr klinkt noch immer die Glocke.
In ihm die Sirene.
Es knarrt am Stuhl die Lehne.
Er Räuspert sich und schweigt.
Die Zeit vergeht.
Sie, sich -immer wieder mal- zur Seite dreht.
Der Tritte im Bunde, steht auf und geht eine Runde,
nimmt seine Gitarre von der Wand,
setzt sich -ihnen abgewandt- auf den Boden.
Er singt, oh happy day, oh happy day, oh happy day.
Er steht auf, schaut aus dem Fenster und singt,
Oh happy day, oh happy day, oh happy day.
Er dreht -langsamen Schrittes- drei Runden um das Paar
herum, setzt sich auf seinen Stuhl und singt weiter das Lied
vom fröhlichen Tag.
Er legt die Gitarre zur Seite und fragt: „Wie ist euer Tag heute"
Sie antwortet: „Die Axt im Haus erspart den Zimmermann"
Kurze Pause und dann:
„ Und ich bin nicht sein Zimmermädchen".
Der Alte schweigt.
Es war ausgemacht, dass es keine Verteidigungen und keine
Rechtfertigungen geben soll.
Spannung erfüllt den Raum.
Der Therapeut gibt ihnen Papier und Stift.
Jeder schreibt, was er vom Anderen will.
Danach wird Verhandelt.
Zugewandt!
Ohne Verteidigungen, ohne Rechtfertigungen, ohne Bitten um
Verzeihung.

Ankommen
Ich will bekennen
Will nicht ständig rennen
Um bei Dir nur zu landen
Oder bei Dir, oder Dir, oder Dir.
Sondern Letztlich auch bei mir.
Denn der Hafen, der bin ich.
Doch zum Landen, brauch ich Dich.
Dich, die meine Hand sich nimmt.
Dich, deren Hand ich nicht will.
Und Dich, die mir verweigert, deine Hand zu nehmen.
Dich, die mir Gutes will.
Dich, die eher feindlich mir gesonnen.
Dich, die mich betrogen,
und belogen.
und was sonst noch möglich.
Denn, der Hafen bist auch Du.
Und so suchen wir Getrennt und auch gemeinsam
Immerzu,
mit und ohne Wahn,
die gleiche Landebahn.
Und wenn sie nicht die Lyrik ist,
oder biblische Gesänge,
oder was sonst so auf den Plan,
dann doch vielleicht
das eine oder andre Wort.
Mal sehen,
Mal hören,
mal schmecken.

Ein Arsch der geht dahin,
Breit und ohne Gewähr,
weil nur ungefähr
er sagt,
was ihn plagt.
Oder, was er will.

Die Verwandlung der Seelen
Im Kommen und Gehen
Im Laufen und Stehen
Im Hören und Sehen
Die Verwandlung der Seelen
Im Oben und Unten
Im Drehen der Runden
Im Lassen und Erkunden
Die Verwandlung der Seelen
Im Verlieren und Finden
Im Halten und Winden
Im Ruhen und Schinden
Die Verwandlung der Seelen
Protokolliert in Bände.
Den Bänden vielleicht, in Gottes Hand.
Indes der Menschen Hände,
die Wandlung in den Krieg verbannt.
Nein, nein, spricht da der Seelen Anwalt,
die Seelen seien nur gefangen in eine Anstalt
in der, der Krieg verbannt,
drum er eilig wieder käme durch die Hintertüre gerannt.
Na und, sagt da der Richter,
Bringt mir dieses Wissen
das rechte Ruhekissen?
Die Seele, sie wird wohl weiter wandeln müssen.
Die Verwandlung der Seelen
Mit Hilfe der Liebe?
Ja, mit jener Liebe, die sich verwandelt,
an der Seelen Last anbandelt.
Und wenn das nicht gelingt,
die Verwandlung der Seelen
weiter hinkt.
Aphoristisch
Biblisch
Prosaisch
Lyrisch
Episch

Heroisch
Hysterisch
und zuvorderst elektrisch.
Der Spannung und Entspannung,
als Grundlage allen Wandelns

Das Kind,
dass sie gezeugt, das dritte also von den Zweien,
ist es bereits geboren?
Oder abgetrieben?
Hat sich im All verloren?
Ist als Pflänzchen hoffend noch?
Oder bereits zertreten?
Bereit sich zu vereinen
mit dem anderen Gemeinen?
Wird es einsortiert mit falschem Namen?
Ganz einfach weggeschickt?
Ist es ganz zerbrochen?
Oder ist es drauf erpicht zu beißen?
Sinnlos um die Welt zu reißen?
Wird es zum Trübsal im versprochenen, neuen Licht
das ihm ein Geschwister gar verspricht?
Tanzt es bereits mit seines Gleichen?
Oder marschiert im gleichen Schritt?

Ich träume in der Sonne
Das ist meines Lebens Wonne.
Und ich lache mit dem Mond,
weil auch die Nacht sich lohnt.
Und sehe ich der Welten Schönheit,
ist mein Herz bereit,
mich selbst auch anzuschauen
und, mir zu vertrauen.

Der Heiner, das ist ein Clown!
Das hatte auch sein Papa schon zu ihm gesagt. Und andere
später auch. Immer und immer wieder. Dann wurde er zu einem
Clown Workshop eingeladen. Und O-Schreck, er war ein Clown!
Seine Nachbarn, die von dieser Geschichte nichts wissen, nennen ihn Heiner Lustig. Dabei -und das kennt jeder Clown sicher-
scheint ihm die Grundlage des Clown Daseins, die Berührbarkeit
zu sein. Wie anders als durch Clownerie ist diese "heile schöne"
Welt zu ertragen? Und oft genug Ist der Querulant und Provo-
zierer und Clown dann eine Person. Zuweilen ist der Clown dann
-aus Sicht seiner Spezis - eher der Hampelmann. Das hat er nun
davon, der Clown, wenn er seine Maske fallen lässt und auch
mal zur Feder greift. Und wenn er noch keinen Auftritt im Prol-
schoi Theater hatte, will ihm ernsthaft kaum wer zuhören. Und
dann wird er zum rechten Kind und zerreißt alle Worte der ewig
Zitierten. Und dann entdeckt der Clown, wie verirrt und verwirrt
die Menschen sind und schon steht er wieder auf der Bühne und
spielt ganz planlos unter großem Gelächter den Verirrten. Und
die, die sich darin nicht erkennen wollen, denken, er imitierte
einen Dementen. Ob Clown oder Therapeut, oder Buchautor, die
Abwehr gegen eine Veränderung ist kaum zu stemmen. Und so
bleibt dem Clown nichts als dann doch einmal echte Tränen zu
weinen. Und dann sagt sein Papa wieder Clown zu ihm. Schreibt
er weiter? Ja! Ja, er schreibt weiter.
Denn, in des Waldes Mitte hat sich ein Reh versteckt.
Ja, er schreibt weiter
Ja
Und weiter, und weiter.
Und immer weiter.
Weit sind die Wälder.
Wälder bedecken die Erde
Ein Erdmännchen schaut gen Himmel
Himmelherrgott schimpft das Weib
Weiberfastnacht steht an
An des Glases Rand schaut in die Welt der Lippenstift.
Ein Stift liegt einsam in der Ecke.
Ecken und Kanten lenken die Schritte.

Schritt für Schritt enthüllt sich des Erdmännchens Zier.
Ziergewächse sind des Gartens Pracht.
Prachtvoll donnert der Stahlvogel über den Wolken.
Wolken ziehen von dannen.
Normmannen, sie kämpfen gegen Normmannen.
In der Badewanne liegt die Diva.
Diverse Klagen machen Musik.
Musikantenstadel erreicht Einschaltrekordquoten.
Quotenregelungen bringen die Quoten durcheinander.
Durch die Köpfe geht ein Zaun.
Zaungäste sehen einen Clown.
Einen Clown der schreibt und schreibt und schreib.
Schreibt immer weiter
und weiter
und immer weiter.
Leiter neben Leiter steht zum Aufstieg bereit.
Lisa bereitet das Essen vor.
Vor der Hütte ein Reh.
Rehbraten mag er nicht.

Ein alter Baum
auf einem Felde steht,
tief in sich versunken.
Da rufen die Unken,
dass er bald zu Bruche geht.
Das Bald lässt auf sich warten,
das Feld ist längst der schönste Garten,
und die Frucht von diesem Baume,
ist des Menschen gute Laune,
der ihn, in seines Gartens Bracht,
zum Mittelpunkt gemacht.

Richtig, Wichtig, Nichtig!
Diese drei Dinge, braucht der Mann,
damit er jenes Buch verfassen kann,
wonach alle sich dann richten,
und erfüllen, ihre Pflichten.
Wer dieses Buch nicht haben will,
den ereilt des Lebens Drill.
Wer gar, dieses Buch verachtet,
nach dessen Leben wird schon mal getrachtet.
Wer von diesem Buch sich nährt,
weckt den Gefährt,
der immerzu nur fragt,
was ihn da so plagt?
Voller Bang und Lebensdrang
greift er dann zur Feder
und zieht vom Leder,
dass ebenso ganz wichtig
sei dieses Falsch.
Dann erst würd das Leben richtig.
Der dritte Mann im Bunde
eröffnet eine neue Runde
und schreibt, dass letztlich doch nichts bleibt,
als des Menschen heftiges Verlangen,
auszuschließen dieses Bangen,
ob es falsch oder richtig
ob es wichtig oder nichtig.
Das vierte Rad am Wagen
will helfen, die Last zu tragen
und rät, bevor es zu spät,
mit Gott zu reden.
Hilfe läge schon im Beten.
Die fünfte Stütze sagt, es nütze
Disziplin und Freiheit
zu sehen, als eine Einheit.
Die Sechste
schreibt von den Visionen, die in uns wohnen
uns jedoch davor nicht schonen,

uns und andere zu bemessen,
wie perfekt wir sind.
Weh oh weh, das arme Kind.
Drum zähle weniger, was es tut,
schau, wer es ist und ob es darin ruht.
Der Siebener
ein vom Leben arg geriebener
sucht das Vertrauen
um sich aufzubauen.
Er empfiehlt, ganz gezielt
Gewissheit im Innen zu finden
und nur daran sich zu binden.
Worüber **die Acht**
zuweilen schon mal lacht,
weil sie gebunden ist an jene Macht,
die jeden doch berührt,
der jene Ideale spürt,
die wie ein Fluch
schlagen zu Buch
Alle Neune ruft der Gewinner,
dessen Lebensbringer
integriert in seiner Weisheit,
das nichts zu verurteilen ist,
weil sich das Heil nur danach bemisst,
ob der Weisheit letzter Schluss,
unterscheiden kann den Schuss vom Schuss.
Denn der eine weckt das Leben,
der andere der löscht es aus.

Auf der Welten Meere

Eine Schere im Geist
Es reist der Gedanke
Blanke Säbel die Zeiten durchreist
Breit ist der Arsch
Arschkalt sind die Herzen
Kerzen beleuchten den Himmel
Schimmel befällt das Brot
Kot liegt auf dem Gang
Der Fang wird schmal und schmäler
Denkmäler säumen den Weg
Weggefährten verstummen
Stumm und starr ruht die See
Seemöwen umkreisen den Mast
Durch das Raster fallen die Kleinen
Kleinigkeiten beherrschen die Hände
Und am Ende rieselt der Schnee.
Wer will solche Welt schon haben?
Sich erlaben an dem Schönen,
zu frönen der Liebe ist angesagt.
Wagt das Geschäft.
Es kläfft das Hündchen im Sessel
Im Sessellift küsst sich ein Pärchen
12 Paar Schuhe zieren den Schrank
Unbeschränkte Kredite fördern das Wohl
Förderbänder noch und nöcher
Keine Löcher im Haushalt
Essen und Trinken, hält Leib und Seele zusammen
Zusammenbrechen geht gar nicht.

Aufgenommen,
Eingetrieben,
Vergessen,
Verdrängt,
Verleugnet,
Weggeschlossen.
Doch immerzu, es ist noch da.
Vorbeigeweht,
gleich einem Hauch nur gestreift,
kaum begriffen.
Doch immerzu, es ist noch da.
Otto trägt es auf seinen Schultern.
Heiner Schiebt das vor sich her.
Liesa dankt und betet.
Und eins, zwei drei,
Gibt´s eine Schießerei.
Zuvor, und auch danach,
das tägliche Wortgefecht darum,
wer hat Recht, wer ist richtig?
Wer oder was ist falsch?
Gemeinsam Ist allen dreien,
dass jeder glaubt,
der andere müsst ihn doch verstehen,
der andere könnt es ebenso doch tun,
wie er es tut
und viele andre
das doch auch so können.
Ob das heilbar ist?
Dazu müssten wir verstehen
Dass keiner, des Anderen Maßstab ist.

**Das Leben hört nicht auf
solange du lebst.**
Doch zuweilen auch zuvor,
wenn an des Lebens Tor,
ein Schildlein prangt,
das von Dir verlangt,
was du nicht mehr willst,
was du nicht mehr kannst.
Wenn du dein Hunger nicht mehr stillst,
und ständig dich verfranzt.

**Das Leben hört nicht auf
solange du lebst.**
Doch zuweilen auch zuvor schon,
eingehüllt in einem Kokon
aus Befremdlichkeiten,
die zu vermeiden,
das Leben nicht mehr schafft.
Und um sie zu meisten,
fehlt des Menschen Kraft.

**Das Leben hört nicht auf
solange du lebst.**
Doch zuweilen hat's ein früheres Ende,
wenn's nicht die eignen Hände
und die eignen Beine
sich versorgen,
und tief verborgen,
das Leben nichts mehr will.

**Das Leben hört nicht auf
solange Du lebst.**
Solange das Leben nach dem Leben strebt.
Dem einen passiert es,
der andre kaschiert es.
Dem einen ist´s in die Wiege gelegt,
dem andren will es nicht gelingen.

Der eine hat es sich erschaffen,
des anderen Streben scheint verhext.
Das verwünschte Leben zu entzaubern,
braucht kein Zaudern,
sondern der helfenden Hände,
die mit dem Herzen sich verbunden,
hier und da und dieser und jenem,
den Verdruss des Lebens nehmen kann.

Der Friseur oder die Schere im Kopf
Kopflastig, Subjekt und Objekt die Gedanken durchreist
Reisbretter verlangen den Stift
Stiftungen hier und dort
Dorfgemeinschaften feiern ihre Feste
Festgemauert steht der Grill
Grillparzer schreibt und schreibt und schreibt
Schreibwarengeschäfte schließen ihre Türen
Türöffner sind digitalisiert
Tal einwärts röhrt ein Hirsch
Hirschhausen schwingt schlaue Reden.
Reden ist Silber, Schweigen ist Gold.
Goldkehlchen dringen ein in die Seele.
Seelenverwandte beginnen das Streiten
Streitkultur ist angesagt.
Angesagt, ist auch die Harmonie.
Harmonie ist die erste Wahl.
Wahlfreiheit fordert und fördert die Schere im Kopf.
Kopflos eilt Mama zum Friseur
Friseure ordnen die wilden Locken,
und locken ihr die Schere aus ihren Kopf.

Verabredung

Hi, Du wunderschöner Engel. Lass uns zusammenkommen auf der Erde. Wie könnte es langweilig werden mit Dir? Verspricht es doch Aufregung, mehr vielleicht, als uns lieb ist. Zärtlich berühren wir uns. Und auch heftig, wenn wir nur in einem Raum uns befinden. Unsere Liebe, die sich zart und gewaltig in unsere Achtsamkeit füreinander ergießt, will gleich dem Wasser fließen. Mal weit und ausladend wie der mächtigste Strom der Welt, mal heftig und wild wie ein reißender Bach, weil unsere Körper sie beengt wie das Geröll an den sich schlängelnden Ufern, das Wasser. In den Tiefen unserer Augen werden wir unsere geheimen Sehnsüchte entdecken, den Schmerz auch und das Licht. Und wenn wir uns vereinen in Achtsamkeit, und der Stille in der Lust lauschen, erheben wir uns, und unser Atem bringt jenen Freudenschrei hervor, den wir nie bisher gehört, nicht mal auch nur hätten ahnen können. Lange wird's brauchen, bis wir unsere Sehnsucht nach Wiederholung aufgeben können. Und sie wird schmerzen, bis wir entdecken, dass jeder Augenblick unserer Liebe einzigartig ist. So einzigartig, wie Du es bist, und wie ich es bin. Und das Universum ist berührt davon und gibt uns die Kraft, uns zu segnen und die Straßen dieser Erde zu bewandern. Und dann sind wir gefordert, unseren Segen nicht zu verlieren, ihn nicht abzugeben, wenn die Kinder dieser Welt uns ihre Tränen zeigen und unsere Herzen schwer werden. Und sie werden es tun, weil wir selbst uns voreinander enthüllt haben. Ausgetretene Pfade werden uns winken, und uns dazu verführen, unsere Achtsamkeit in das Spiel von Gewinn und Verlust, von Überlegenheit und Unterlegenheit zu verbringen. Zuweilen wird nichts bleiben als Angst und Gezeter. Weder werden wir wissen was Liebe ist, werden nicht wissen, ob jemals es Liebe war, noch werden wir den Sinn begreifen. Bis wir uns wieder und wieder enthüllt haben voreinander, und noch einmal und noch einmal. Kommst Du mit?

Du sollst,
du musst,
du darfst,
du kannst,
du willst.
Das ist des Lebens Unterpfand.
Wem nun ist bekannt,
wer der Kutscher ist
von diesem Fünfgespann?

Du sollst nicht,
du musst nicht,
du darfst nicht,
du kannst nicht,
du willst nicht.
Das sind die Finger einer Hand.
Wem nun ist bekannt,
wer von den Fünf, der Kleine ist?
Wer der, mit dem Ring?
Wer der, der gleich dem Herzen, in der Mitte liegt?
Oder sich zum Stinkefinger biegt?
Wer der, der den rechten Weg anzeigt, oder in die Irre führt?
Wer der Daumen, der nach oben oder unten gerichtet, der
Druck macht oder gedrückt wird?
Und wem ist bekannt,
zu welcher Hand nun diese Finger gehören?
Gehören sie zu Mamas Hand?
Gehören sie zu Papas Hand?
Oder zu deren Stellvertreter?
Gehören sie zur Hand des liebenden und strafenden Herrn im
Himmel?
Oder zu dessen Stellvertreter?
Oder ist`s wahrhaftig gar die eigne Hand?????????????

Delphine

flippern aus dem Wasser raus und wieder rein.
Immer mit der gleichen Miene.
Was mir niemals so recht gelungen.
Ich habe mit meiner Ungeschicklichkeit gerungen.
Es ging doch sehr viel leichter mit dem Kraulen,
da musste auch mein Trainer nicht immerzu nur maulen.
Dennoch bin ich weiter und weiter und immer weiter Delphin
geschwommen.
Bis ich den Delphinschönschwimmerpreis gewonnen.
Und war dann, irgendwie mit ihm Verwand.
Mit ihm, der schon aus Kindertagen mir bekannt,
und mich in mein neues Leben hat mit rein getragen.
Ich flipp nun nicht mehr aus,
will etwas aus mir heraus.
Ich tauche ab und tauche auf wie es mir gefällt,
welch Forderung auch immer sich zu mir gesellt.

Gewinn und Verlust

Gewinn bringt Lust,
Verlust bringt Frust.
Dieser Reim macht keinen Sinn,
und bringt als Weisheit kein Gewinn.
Dass der Gewinn ein Verlust
und der Verlust ein Gewinn kann sein,
leuchtet gleich fast einem Jeden ein.
Gewinnen und verlieren,
wird immer wohl mein Leben zieren.
Es gilt allein, mich davor zu hüten,
nach einem Schuldigen zu wüten.
Es sei denne,
ich erkenne
unterm Strich
auch mich
in meiner Rolle
Um den Hals ein Schaal

aus reiner Wolle
und darin meine täglich „freie" Wahl,
die fest verbunden mit vieler Menschen Qual.
Ob das hilft, steht in den Sternen,
je weiter wir uns, von uns entfernen,
in dem wir weiter danach rennen
dass möglichst viele Menschen uns anerkennen.

Ich war einmal
Wie in einem Märchen
Ein Teil von einem Pärchen
Ich war einmal
Wie in einem Kammerspiel
Ein Teil in einem Liebesspiel
Ich war einmal
Wie in einem Theater
Ein Mannsbild wie der gestiefelte Kater
Ich war einmal
Wie in einem Märchen
Ein Teil nur des Teils von einem Pärchen
Ich war einmal
Wie in einem Kammerspiel
Dieses und jenes Teil im 2. 3. und 4. Liebesspiel
Ich war einmal
Wie in einem Kammerspiel
Ein Teil von einem Jammerspiel
Ich war einmal
Und bin es immer noch
Auf der Höhe
Und in einem Loch
Sitze oder stehe
Vor und auf der Bühne
Wie in einer Tragödie
Und tue so, als sei es eine Komödie.

Ein kleines Wort
am rechten Ort
ganz mächtig.
Die Welt, sie wird trächtig
und bringt hervor
der Seelen Chöre.
Ein Kamel geht durch die Öre
laut oder leise
zum Lob und zum Preise,
doch für Heiner, da ist alles Scheiße.
Er backt einen Kuchen,
und noch einen, und noch einen und noch einen.
Nicht, weil der ihm so sehr schmeck,
oder, um grad mal auszuweichen seiner Seelenpein.
Mehr doch backt er, weil er danach sich streckt,
was der Gemeinschaft so gemein.
Er will an des Übels Wurzel ran,
was er nicht mal weiß.
Darum sein Leben bleibt,
so ganz beleibt,
stecken, in seinem Scheiß.
Und Heiners Frau, die Liese,
die auch gerne Paris Hildon hieße,
kann einfach nicht verstehen,
dass ihre Ratschläge einfach so verwehen.
Er muss doch einfach nur mal richtig denken.
Warum nur,
so fragt sie sich,
ist er so Stur?
Und mit dem Rücken an der Wand,
schaut sie gespannt,
wie er backt und backt und backt und backt.
Und sie sieht sich in Papas Backstube und hört,
Backe, backe Kuchen
der Bäcker hat gerufen.
Wer will guten Kuchen backen
der muss haben sieben Sachen,

Eier und Schmalz
Zucker und Salz,
Milch und Mehl,
Safran macht den Kuchen gehl!
Schieb, schieb ihn in den Ofen rein.
Und Liese sieht überhaupt nicht ein,
dass für Heiner alles Scheiße ist.
Um ihrem Gedankenkreisel zu entkommen,
hat sie den Teig in die Hand genommen
und backt und backt und backt.
Früh am Morgen, auch mal, so halb nackt,
aber auch das, dass hat den Heiner nicht gepackt.
Er backt und backt und backt und backt.
Warum nur schafft sie es nicht, dass sie –Statt den Teig- ihre
Sachen packt?
Zu tief in ihr sitzt allzu mächtig dieses kleine Wort
und kann einfach nicht fort
an einen anderen Ort.

In Esoterikkreisen ist´s so brauch,
Frau liebt mit Hirn und Herz und Bauch.
Und der Mann, der tut's gern auch.
Und beide wollen es eventuell
Ganz toll und spirituell.
Zugegeben,
wollen diese Seelen
die Liebe auch
mit dem, was unterm Bauch.
Sie lieben dieses Spiel,
denn, der Weg, das ist ihr Ziel.
Wie sonst will Kundalini steigen,
wenn gar die Esos streiken.

Eine weise Taube kreist über das Haus
Der Hausbote leert den Postkasten
Kisten werden gestapelt
Gabelstapler rauschen durch die Gänge
Gangster fliehen unerkannt
Unerkannt bleibt auch die Lüge
Lügenbolde trumpfen auf
Auf dem Dach ein Schornsteinfeger
Heiße Feger stehen am Bordstein
Steinmauern schützen das Land
Landauf und Landab gibt es Zäune
Zaungäste flüstern hinter vorgehaltener Hand
Handelsgüter rollen bergauf und bergab
Ab und zu gibt es ein großes Fest
Fest verwurzelt und einsam steht im Garten eine Eiche
Eichenblätter zieren den Lorbeerkranz
Kränze zieren den Friedhof
Höflichkeit ist der Welten Zier
Ziersträucher sind gepflanzt
Pflanzen werden gekreuzt
Kreuze rufen zum Kampf
Kämpfe Ich?
Immer noch?
Ja, und immer wieder,
in ewiger Zeit,
von Tag zu Tag,
von Jahr zu Jahr
von Leben zu Leben.
Unter mir, über mir und neben mir
die Kreuze, die vielen Kreuze.
Millionen von Kreuzen,
und an ihnen hängend mein Bruder.
Viele Brüder,
viele Schwestern,
Abermillionen Kinder.
Gekreuzigt um zu siegen.
Und ich trage,

ich schleppe,
gleich einem Bild aus einer Bibel,
wie Jesus
ein großes, schweres Kreuz.
Komme kaum vorwärts.
„Nicht so!" höre ich.
„Aufrecht!" höre ich.
Ich richte mich auf.
Ich selbst bin das Kreuz
und auf meinem Arm
sitzt quietschvergnügt mein Söhnchen.
Ich kämpfe weiter.
Anders eben.
Mal so und mal so.
Je nach dem,
wer oder was meinen Weg kreuzt.

Wohl dem, dessen Kreuzgang ihn befähigt, sich mit jenem zu kreuzen, welches Heilung bewirken kann. Heilsam ist bereits, wenn ich die Menschen nicht mehr verurteilen muss.

Weihnachten alle Jahre wieder

Weihnachten?
In was müsste ich eingeweiht sein, um eine Nacht in rechter Weise weihen zu können? Alle Jahre wieder! Ich könnte –wenn ich es denn könnte- diese Nacht einem wunderschönen Weihnachtserleben aus meinen Kindertagen weihen. Damit aber, nähme ich mir möglicherweise die Chance, Weihnachten ganz neu zu erfahren. Und es fiele mir sehr viel schwerer, die Schattenseite dieses „unseres" Weihnachtsfestes zu betrachten. Und ich habe zwei zu weihende Nächte erlebt. Ich kann diese Nächte im Nachhinein alle Jahre wieder- zum Geburtstag meiner Kinder- neu weihen. Ich könnte aber auch jene Nacht weihen, in der mir bewusst wurde, dass ein Nein auch ein Nein bedeutet. Und sicher gibt es auch noch andere Nächte und Tage, die ich -ob deren heilsame Vorkommen- weihen könnte.

Ansonsten fällt mir nur noch ein, mich an einen Weiher zu setzen und statt Weintrauen, genüsslich Lachtrauben zu essen. Leider sind die in keinem Supermarkt zu finden. Es gäbe vielleicht einen neuen zu weihenden Tag, würde so eine Traube auf den Markt gebracht. Denn in Folge, könnten alle Erlebnisse geweiht werden, die von dem Zwang befreien, diese Trauben einnehmen zu müssen. Viele solcher Erlebnisse würde es vermutlich nicht geben. Wenn nicht mal Weihnacht die Menschen von ihrer unheilsamen Suche nach seelischer Nahrung entbindet. Da lassen sich die leckeren Christstollen vielfach geradezu als weitgehend wirkfreies Placebo ausmachen.

Also weihe ich jede Nacht meiner Hoffnung, erholsam schlafen zu können. Und damit auch meinem Sein, inklusive meines Vermögens zu reden, zu schweigen, zu geben, zu nehmen, und all dem, was das Kreuz des Lebens noch so hervorbringt. Und zuvorderst meinem Streben, aus der Scheiße heilsame Einsichten gewinnen zu wollen. Dem selbstverständlich mal mehr, mal weniger, alle meine natürlich gewachsenen und kaum zu durchblickenden Strebungen zur Seite oder entgegenstehen.

Ja!
Und das gibt es auch.
Löcher im Gehirn,
wie Falten auf der Stirn.
Foren werden geboren,
Kommentare, selten wunderbare.
Harmonien, die keine sind
und nach sich ziehen
ganz geschwind,
Wölkchen und Wolken
und schwere Folgen
bis zu allerlei
von dem Kriegsgeschrei
das unerkannt
lenkt den Wagen, gegen die Wand.
Und schon

sagt des Menschen Sohn,
ich habe keine Schuld
an dem Desaster
und spielt weiter mit Geduld
Rommee und Kanaster.
Und über den Dächern.
da liegt der Reif
und die Schulden unzensiert in den Erotikfächern.
Ungeniert schwingen Greifvögel sich empor,
von der Empore
Predigt Monsignore,
von der Kanzel der Franzerl.
Unten im Tale, da weht der Wind.
Kinder hüpfen über er Stock und Stein.
Ameisen laufen übers Bein.
Aus der Ferne ein freudig Tönlein.
Es quietscht vergnügt das Söhnlein.
Tontauben schwirren durch die Luft.
Blumen duften,
stehen auf dem Küchentisch,
schmücken des Herzogs Gruft
und auch die Hochzeitskutsche.
Hohe Zeiten durchströmen das Land.
Fußpilz breitet sich aus, noch und nöcher.
Feuermelder in den Stuben,
und Gruben braucht das Land.
Landwirtschaftliche Flächen auch
Und Panzer zum Gebrauch.
Es rauchen die Köpfe.
Geschöpfe suchen nach der Leiter.
Auf dem Gehweg kriecht ein Wurm.
Glühwürmchen leuchten so hell.
Hell leuchten Milliarden Kerzen
Silvesterfreuden malen den Himmel an.
Horch, von fern ein leiser Böllerton
Alle Menschen werden Brüder
Durch den Äther rast die Tugend

Weisheiten bilden den Verteidigungsring
Angst ist zum Egoismus erklärt
Die Aufklärung hält an.
Der Zug fährt weiter.

Lyrik
So rührig
Und hart
Wie der Welten Pracht
Die den einen
Zum Schreiben
Den Andern zum Lesen gebracht
Den einen ins Schwärmen
Den anderen zum Frotzeln
Und zuweilen
Sind Schwärmer und Frotzler in Einem

Verborgen
In des Alltags Hülle
In des Sonntags Röckchen
In der Kammern Fülle
Im Klang des Weihnachtsglöckchens,
liegt zuweilen auch des Menschen Angst
Verborgen
Im Rauschen des Windes
Im Lachen des Kindes
Im Plätschern des Flusses
Im Schmecken des Kusses
Liegt zuweilen auch des Menschen Mut.
Zuweilen doch beherrscht die Angst den Mut.
Zuweilen ist diese Herrschaft gut.
Zuweilen beherrscht der Mut die Angst
Zuweilen, weil Du allein es von Dir verlangst.

Herbst

Der Herbst, der ist gekommen,
wenn ich bemerke, schon leicht benommen,
meine Beine sind recht schwach.
Morgendliches Vogelzwitschern wird zum Krach.
Viel zu kurz sind meine Tage,
Kuchenbacken wird zur Plage,
zuweilen kommt aus mir heraus noch Lust
die eingeht in des Tages Frust.
Da ist guter Rat recht teuer
denn schnell wird dieser Rat zum Ungeheuer,
weil er so schwer zu Packen ist,
wenn gar zu trist,
sind die viele Stunden,
die ich gerne möcht erkunden.
Ich schlaf recht schnell dann ein,
so wird mein Leben gar zum Schein.
Ihm fehlt der Farben Würze
die in des Herbstes Kürze
hat stets hervorgehoben
was ich zuvor hab weggeschoben.
Ob rote Rose oder Herbstzeitlose
ob Maus oder Laus,
meine Tage wären voller Graus
gäbe es nicht der Kinderaugen Licht
das dies Grau sofort durchbricht.
Nun bin ich dran an diesem Leben,
das mich zu sich, oder in den Tod darf heben.
Letzteres –so hoffe ich- erst dann,
wenn ich das Licht in aller Augen sehen kann.

Die Seele kreuzt sich zwar nicht täglich
aber doch gelegentlich
mit jenem Alltag
und seiner Plag,
dessen Underground
von des Weltenelends Sound
durchwoben,
und der in den Kopf gehoben,
Fragen über Fragen,
die allzu schwer zu tragen.
Und wenn die Seele nicht doch hin und wieder
kann stärken Liesas Glieder
weil im Alltag es was gibt
was diesen Elendssound verschiebt
in jene Zeit
bis die Seele ist bereit,
gelassen zu tragen
diese tausend Fragen
und abzugeben,
was sie niemals kann beheben.
Dies zu erkennen
beendet Liesas rennen.
Nunmehr kann sie Ruhen
oder tausend schritte tun,
womit ihr zukommt diese Kraft,
die hier und da auch schafft,
ein Lied zu singen,
das erträglich macht
das tägliche Ringen.
Es ist vollbracht.
Zuweilen auch,
hilft der Brauch,
gleich ein Lied zu singen
und damit des Elends Sound
in einen anderen Raum zu bringen.
Ein Raum in dem Du nicht täglich
aber doch gelegentlich

dich einbringst mit kleinen Gaben
entsprechend deiner Kraft,
um nicht immer weiter zu vergraben,
deines Lebens Saft.
Vor allem gilt es zu wissen,
das Leben wird beschissen,
wenn Kopf und Bauch in Zwietracht
und das Herz verliert die Macht,
den rechten Ton zu finden,
weil Hände und Füße sich an den Wirrwarr binden.
Hin und her gerissen gibt es keine Ruhe.
die Zeit verfliegt im Nu,
ohne dass die Lebensfunken überspringen
in ein gar freudiges Gelingen.
Lange Rede kurzer Sinn,
schau, was ist drin,
welch Jammer
in Deines Herzens Kammer
und stelle dem entgegen,
welch Freud all konnte Dich bisher bewegen.
Entscheide jetzt
ob Du weiter Dich verletzt,
oder aber Morgen,
ob Du weiter tragen willst, die gleichen Sorgen.
Oder ob Du lieber Deiner schon gezeigten Kraft vertraust,
wenn Dein Gedankenaffe Dich mal wieder laust.

Abgefahren, ist der Moderne Zier.
Hier der Rausch
und dort das Klistier.
Demut, Wehmut Händefalten,
alles Neue bleibt beim Alten.
Christen sprechen vom göttlichen Plan,
Mohammedaner von Allahs Allmacht,
der Brahmane von der unveränderlichen Heilige Formel.
So ist alles Richtig, was geschieht.
Wohl der Menschheit,
wenn sie entdeckt,
welche Möglichkeit zur Heilung,
im Erkennen des Falsch im Richtig steckt.
Oder ist´s umgekehrt?
Oder Beides?

Was gewollt
Und gerade mal nicht gemocht
Öfter als nur oft
Ganz magisch sich verschiebt,
von einen auf die nächsten Tage.
Und wie vorauszusehen,
entsteht die Plage,
die vorerst noch Zukunft heißt
und sodann ins Heute reist.
Das geht so dem Kleinen
Das geht so dem Großen.
Und beide huldigen weiter
dennoch lieber nur dem Feinen
und das geht in die Hosen.
Und jetzt,
was tut Not zu tun?
Gut vernetzt,
in einem Bündnis ruhn?
Gott um Hilfe bitten?
Weitermachen?
Weitermachen!

Das ist ein Befehl!
Befohlen von Papa Kampf,
befohlen von Mama Sorge.
Er sorgt sich um den Kampf
Sie kämpft um die Sorge.
Eingeklemmt rast die Vernunft
und bestätigt das Vergangene,
das Gegenwärtige und das Zukünftige.
Wen nun könnt ich bitten,
mir die Harfe zu spielen,
mein Herz zu erfreuen,
mein Leid mitzutragen,
den Sinn zu erkennen,
mich zu beschützen,
meinen Schlaf zu bewachen,
mich in himmlische Träume zu hüllen.
Wen nur?
Wenn es den Engel nicht gibt!?
Wenn ich Gott eine Pause gönne.

Warum nur gelingt es mir nicht
wovon zu meinen Gunsten
die Vernunft oft spricht.
Und ich denke stets daran,
morgen werde ich älter sein.
Ob ich´s dann noch kann?
Wird es morgen mir gelingen?
Wird es wieder ein vergeblich Ringen?
Muss ich immer so verlieren
in des Paradieses Mitte,
in der ich meinen Frust,
stets wider die Vernunft,
mit Schleckereien kitte?
Ohne rechte Lust!
Und so vergeht die Zeit,
nach wie vor bin ich bereit.

Warum nur gelingt es mir nicht?
Warum gelingt mir nicht,
mich vernünftig zu nähren?
Meine Bude zu kehren?
Auszuloten, was mir erlaubt?
Was mir verboten?
Was mir geboten?
Was noch nicht verdaut?
Woran ich hänge? Wovor ich fliehe?
Was ich wirklich will?
Wer ich bin?
Herauszufinden,
welche Kräfte mich da binden,
wenn ich es anders tue
als ich es will.
Ach, wenn es doch gelänge
Zu finden diese Ruhe
Aus der heraus ein Lied erklänge,
welches mein Sollen
und mein Wollen,
so In mir vereinte,
dass ich heute noch ein fröhliches Lied mir sänge,
statt es als Vorhaben
In die Zukunft zu vertagen.
Vielleicht sollte ich mir eine Gitarre kaufen.
Gleich morgen!
Zu zweit gelingt es vielleicht besser.

Mann und Frau
die einst ganz einsam eins gewesen,
brachten sich hervor als Einzelwesen.
Nun ist ihr Wesens Kern,
sich wieder zu vereinen
mit dem Gemeinen,
wovon bei ihr nur halb so viel geblieben
weil die andre Hälfte ihm wird zugeschrieben.

Und die Hälfte die ihm doch scheinbar fehlt,
wird nunmehr nur zu ihr gezählt.
So ist das Weiblich vom Männlich zu trennen
und alle dürfen weiterrennen,
um einzunehmen
oder abzulehnen
was zum Gegenpart gehört.
Wenn dies Spiel wir nicht durchschauen
und immer weiter jene Türme bauen,
deren Grundstein nicht im Geschlechergleichgewicht,
wird des Turmes Schatten
ganz schnell mal zum Gericht.
Soll heißen,
heilsam durch die Welt zu reisen,
kann niemals nie gelingen,
wenn wir das männliche nur zum Mann
und die frau mit dem weiblich nur verdingen.

Drachensteigen/Herbststürme
Drachensteigen? Drachensteigen?
Bergsteigen! Das kenne ich.
Und Treppensteigen.
Stufe um Stufe um Stufe.
Weiter geht es in der Schule.
Von der ersten Klasse in die zweite Klasse.
Von der zweiten in die dritten Klasse.
Von der dritten in die vierte und fünfte und sechste usw. usw.
Usw? Usw?
Ja, richtig!
Das ist wichtig!
Dieses **usw.** = **u**nter **s**chwerem **w**üten.
Denn über diese unteren Stufen musste ich hinaus.
Wie es gewollt von Mama und vom Nikolaus.
Eijeijeijeijei war das anstrengend.
Ein Ei nach dem anderen Ei wurde mir in die Wiege gelegt.

Ein Ei nach dem Anderen Ei musste ich legen.
Doch der Lebens Stürme ließen kippen meine Träume.
Träume, die ich mir gebaut,
weil keiner so recht nach mir geschaut.
Diese Stürme hab ich wohl gebraucht,
um endlich selbst nach mir zu schauen,
um ein andres Leben mir zu brauen,
um frei zu sein von der Bewertung.
Das ist es, was den Stürmen trotzt
und das Eis zum Schmelzen bringt,
doch, den bösen Drachen nicht bezwingt,
wenn mein Nachbar und alle andren Anverwandten
immer noch
am Klettern sind
nah an der Kräften Loch
gleich einem Kind,
das immerzu davon getrieben,
alle sollten es doch lieben.

Die Krawatte
Mehr Krawall oder mehr Watte?
Watteweich ist Emanuelas Polizist.
Polizisten holen den Knüppel aus dem Sack.
Sackhüpfen macht den Kindern Spaß.
Spaßhalber zieht der kleine Heiner sich eine Krawatte um.
Um den Gebrauch der Krawatte, ranken Industrien.
Industriebosse tragen Krawatten.
Krawatten sind für Männer, wie für Frauen der Rock.
Rock´n Roll braucht die Krawatte nicht.
Nicht des zum Trotz, die Krawatte ist nicht wegzudenken.
Denken geht Hand in Hand mit den Vorstellungen.
Vorgestellt ist das Ankommen.
Ankommen ist das Wichtigste.
Wichtiger als die Krawatte.
Krawatten sind ein Mittel um anzukommen.
Anzukommen, auch in der Illusion, richtig zu sein.

Richtig zu sein, in den Augen der Welt.
Weltenbosse schreiben das Tragen der Krawatte vor.
Vorträge werden in der Regel von Krawattenträger gehalten.
Gehalten wird damit eine Selbstverständlichkeit.
Selbstverständlich, zum Schaden der Natur.
Naturbedingt der menschlichen Natur.
Natürlich also, ist die Krawatte eher Krawall als Watte.
Wer nun entzaubert diesen Zauber der Krawatte?
Krawattenträger nicht!
Nicht auch irgendwelche Schreiberlinge.
Nicht mal jenes Ding,
welches längst bekannt,
Wohlergehen haben ins Elend verbannt.
Die Moral von der Geschicht,
zu zeigen gilt es, mehr Gesicht,
anstelle weiter zu verbreiten,
irgendwelcher Schicklichkeit.

Es war einmal ein Cowboy,
dessen Pferd,
es war gar sehr scheu, und warf vermehrt
den Knaben aus den Sattel.
Er war schon arg geschunden.
Freud und Lust geschwunden,
nach jedem Sturz ein bisschen mehr,
das Besteigen viel ihm schwer.
„**So ist das Leben**" sagt der Bursche,
„mal sitzt man oben, und mal in der Furche.
Es geht mal auf und es geht mal ab."
Und er ist zufrieden,
weil´s ihn noch nicht getroffen wie dem Nachbarn,
der ist nach einem Sturz verschieden.
Auch überlegt er gut,
ob´s nicht ist viel Übermut,
so hoch zu Ross zu sitzen,
statt so recht fürs täglich Brot zu schwitzen,

und ob´s nicht ist gar töricht, seinen Absturz zu bejammern,
und auszuklammern
des Menschen Pflicht, es zu ertragen,
statt zu verzagen.
„Ja, so ist das Leben", sagt der Bursche,
„Mal rennt man auf der Straße, mal in der Furche.
Es geht mal auf und es geht mal ab"
Und Neidlos schaut er auf die Reiter,
denn das Leben, es geht weiter.
Und zu Fuß ist´s ebenso doch heiter.
Wenn nur die Blasen nicht so schmerzten,
und sein Hund ihn nicht so anbellen täte,
nicht sein Magen sich so blähte,
und seine Liebsten mit ihm nicht so scherzten.
„Ja, so ist das Leben", sagt der Bursche,
„mal geht man in der Furche,
und mal kriecht man in der Furch."
Es geht mal auf, und es geht mal ab."
Die Wege sind weit,
immer kürzer die Zeit,
kaum reicht das Brot
für seine Seelennot.
„ Ja, so ist das Leben" sagt der Bursche,
**„mal kriecht man in der Furche,
mal krümmt man in der Furche.
Es geht mal auf, und es geht mal ab"**
Und wenn er nicht gestorben ist, so fressen ihn die Raben.

Baby an der Pfanne steht,
und weiß nicht wie das braten geht.
Da kommt ihr Manni ganz geschwind
und sagt: „ mein Kind,
in die Pfanne
da fehlt das Fett.
So ne Panne,
besser ist´s Du bleibst im Bett".

So zu sprechen, das ist Leichtsinn,
denn nun bleibt sie ganz drin.
Freilich kein Grund für ihn
mit ihr zu brechen,
eher sich aus zu zieh´n
um die Sache zu besprechen.
Nun, er zäumt das Pferd von hinten auf,
streckt ihr entgegen, seine kalten Füße.
Da erschrickt sie, die Süße.
Und sagt ganz nett,
"So eine Panne
hier im Bett,
besser ist´s Du bleibst an deiner Pfanne".

Liebe und Angst

Die Liebe, sie mag Himmel und Erde bewegen, oder meinen Hund, der lieber Himbeereis frisst als Bananenbrot. Mir kommt sie oft, zu oft als Wort nur daher. Ein Wort welches eingekleidet ist im Klang seiner Buchstaben, ohne Schuhe und ohne Hut, mit einem Wintermantel vielleicht. Oder ist es doch eher der Schnee von anno dazumal. Aber immer kommt es mit einem Li wie bei Licht daher, und so von rechts betrachtet, mit einem Beil. Manchmal ist es eben hilfreich ein Wort von vorne nach hinten und von hinten nach vorne zu lesen, denn nicht allein die Wurst hat zwei.

Und wer noch genauer hinschaut, entdeckt auch den Schwanz den dieses Wort hinter sich herzieht. Er ist hundert oder zweihundert Meter lang, oder von meinem Herzen bis zum Mond und zurück. Unsichtbar ist er meist und mehr geliebt als die Liebe selbst. Und wie ein König, der königlich nicht ist, Angst erzeugt, gebiert auch dieser Schwanz viel Angst. Den Schwanz des Schwanzes. Der spielt sich auf, wie ein Mächtiger Drache und unentwegt versucht er mächtiger zu werden als sein Erzeuger, und mächtiger als die Liebe selbst. Er macht aus der Not Gold und singt mit seinen Erzeugern im Chor ein Liebeslied nach dem anderen. Und es kommt vor, dass diese Schwanz des Schwanzes untertaucht und ein Solo hervorbringt. Einen Schwanz vom Schwanz des Schwanzes sozusagen. Sichtbar als Blutbad, oder andere Skandale. So ist der Schwanz es, der Liebe freudig aussehen lässt, oder traurig. Ob sie klebrig sich anfühlt und schwer. Ob sie zum Aufspringen einlädt oder zur Flucht rät, ob sie sich erwecken lässt, oder im Müll landet. Als ungekrönter Herrscher über die Liebe wandert er durch unsere gesamte Weltgeschichte. Da jauchzt er vor Aufregung und beginnt das Rasen. Er rast durch alle Köpfe, durch Küchentöpfe, durch riesige Druckmaschinen, durch die Straßen von Manhattan, wie durch die Gassen von Kuhblitzoberdorf. Und nicht zuletzt rast er durch den Äther; als Gruß, verpackt in einer Episode, oder zweckgebunden wie der Bär von Bärenmarke. Für ihn, aber im Namen der Liebe rasen Raketen durch die Luft, und Panzer durch das Haus von Vater Abraham. Für diesen Schwanz verlässt Heinz Otto Liebknecht seine Frau und seine sechs Kinder und rauscht mit seinem Benz gegen einen Brückenfeiler. So ist es, das Leben. So lieben wir es, das Leben. Nein? Doch! Nein? Und warum ist es so, das Leben, wenn wir es nicht so lieben, dieses Leben? Schwierig gell? Wenn wir es nicht so lieben wie es eben ist, und es auch nicht ändern, bleibt doch nur, dass wir dieses Leben angsten. Wer aber will das Leben angsten? Wer geliebt werden will, der darf nicht angsten. Und wenn wir dieses Leben wie es ist, weder lieben noch angsten, was machen wir dann? Wir richten uns ein mit der Angstliebe und der Liebesangst, wovon das Eine ist, wie das Andere.

Ja, um dieses eine Wort ranken sich Geschichten und Geschichtchen. Da wird gekämpft, gesiegt und verloren. Gesungen, geweint und gespottet. Im Namen dieser Liebe laufen sich Schuhsolen ab und Autoreifen. Da werden Millionen und Abermillionen Lichter geschaltet und ein paar Kerzen werden auch angezündet. Da werden Geschenke gemacht. So viele Geschenke, dass noch eine Fabrik und noch eine Fabrik ihre Tore öffnen kann. Im Namen dieser Liebe blüht Verführung und Dogmatismus. Papi zieht dem Sprössling die Hosen stramm, und Mama liebt ihr Kind, weil es brav zur Kirche geht. Und den schlagenden

Vater liebt sie auch. Liebe stellt eben keine Bedingungen. Bedingungen stellt nur das Leben, und das ist halt nun mal anders als die Liebe.

Und wie nahe wir auch immer dran sind, an der Liebe, wie viel wahre Liebe in all unseren Aktionen auch sein mag, sie reicht nicht, alle Teller zu füllen, sie ist zu gering als dass sie den Seelen zureden könnte, dass sie nicht verloren sind. Dennoch und umso mehr, ist das Wort Liebe ungebrochen in aller Munde und bringt immer noch den Hasen zum Rennen. Obgleich er so nie ankommen kann. Und je mehr er rennt, desto müder wird er, desto näher ist er dem Infarkt, und desto höher hängt er das Wort Liebe. Kurz vor oder auch nach dem Infarkt beginnt er nach der Himmelsleiter zu suchen, um endlich zu erfahren, was dieses kleine Wort verspricht. Vielleicht aber will er auch nur seine Angst besiegen. Und schon beginnt er aufs Neue zu rennen. Und er rennt nicht alleine. Nur wenige sind bereits angekommen. Wie sonst ist zu erklären, dass wir unsere Kinder verhungern lassen, unsere Brüder erschießen und uns selbst verstümmeln, täglich ein Stück weiter und weiter.

OK, vielleicht haben solche Sachen ja überhaupt nichts mit Liebe zu tun? Mal ganz logisch! Es kann ja auch nicht sein. Es ist wohl nur eine Vorstellung, Liebe sei etwas, was Not und Elend auflösen könnte. Wenigstens doch das hausgemachte Elend. Denn! Wäre Liebe so etwas, brauchten unsere Kinder nicht an Hunger sterben oder missbraucht werden. Paare müssten sich nicht ihr ganzes Leben lang eine Schlacht nach der anderen liefern. Völker müssten sich nicht ohne Unterlass gegenseitig bekriegen. Also, muss Liebe entweder etwas anderes sein, oder sie ist nicht anwesend, oder nur einigen vorbehalten. Vielleicht haben die Menschen in Vorzeiten das Wort Liebe erfunden. Ja, so wird es sein. Die Liebe ist der Schwanz der Angst, genau genommen der Schuld. Oder? Naja, vielleicht nicht die wirklichen Liebe, falls es sie gibt, aber jene Liebe, die wir immer und andauernd haben wollen. Mein Therapeut sagt immer, ich täte gut daran die Liebe zu tun, anstatt darüber nachzudenken. Als hätte ich das nicht tausendmal versucht. Tausendmal berührt. Na klar, es hat auch schon mal Summ gemacht (ihr kennt das Lied).

Warum aber heißt dann die Liebe, Liebe und nicht Summ? Meine Freundin und ich, wir sind uns einig. Beide wollen wir die Liebe. Ein Einfaches Summ, das reicht uns nicht. Jetzt will sie - zu meiner Erleichterung- von mir wissen, wie und was ich über Liebe und Angst denke. Also, tue ich ihr diese Liebe an und schreibe diesen Aufsatz. Oder tue ich es mir an? Na egal! Ich bin jedenfalls froh, dass sie nicht einfach nur Liebe von mir will. Jetzt mal rein logisch gesehen! Wollen, kann sie von mir doch nur, was sie selbst nicht hat, denn hätte sie die Liebe, brauchte sie die nicht von mir zu wollen. Welch Drama, wenn ich nun ebenfalls nichts anderes als nur Liebe von ihr wollte. Dann könnte ich ihr nicht geben was sie will und sie mir nicht das, was ich will. Genaugenommen können wir nicht mal wissen, was Liebe ist. Oder kann irgendwer wissen was es ist, wenn er es nicht hat? Mal abgesehen von Autos, Schießeisen und was wir sonst noch so an Sachlichkeiten brauchen. Was also wollen wir, wenn wir Liebe wollen? Nach was greifen wir, wenn wir Liebe wollen? Welche Verträge schließen wir, wenn wir die Liebe wollen? Wer diktiert uns unsere Verträge? Und wer unterschreibt sie? Der Schwanz vom Schwanz des Schwanzes? Oder der Schwanz des Schwanzes? Oder der Schwanz? Oder die Liebe? Vielleicht ist es die Mutter oder die Großmutter, oder das Kind in uns? Ganz recht! Wer soll, wer kann, wer will das alles wissen?

Dennoch! Ist die Liebe wirklich unerreichbar? Vielleicht hilft es, wenn wir sie nicht mehr so nennen. Wir sagen, ich will Aufmerksamkeit. Ich will Deine Achtung. Ich will mit Dir ein Summ machen. Ich will mit Dir einen Vertrag abschließen. Lass uns darüber reden, was wir brauchen und was wir uns geben wollen. Ich will, dass wir uns zuhören, uns nicht voreinander rechtfertigen, und, dass Du Verbindlichkeit zeigst. Lass uns beraten, wie wir zufrieden sein können. Lass uns unseren Haushalt regeln, damit wir nicht immer um das gleiche streiten. Und wenn wir es nicht schaffen, lass uns Hilfe holen. So geben wir uns die Liebe selbst und brauchen sie nicht bei unsren Partner erbitten, erbetteln, erstreiten oder wegen Aussichtslosigkeit erschlagen. Gewiss, einfach ist das nicht, denn wer kennt schon seine Bestrebungen und Handlungsmotive wirklich? Aber, wer den Schwanz der Angst doch wenigstens ein Stück schrumpfen lassen will, wird irgendwo und irgendwann beginnen wollen. Vielleicht werden dann auch ein paar Teller mehr gefüllt und ein paar Schüsse weniger abgegeben.

Und wenn die Angst ein ordentliches Zuhause findet, braucht sie sich nicht so sehr verstecken und dann ist es vermutlich wie die Liebe, nach der wir suchen. Das Wort Liebe bekommt einen Hut und ein paar Schuhe, vielleicht auch einen Bikini. Und mein Hund weiter Himbeereis???

Dunkle Ecken
Dunkle Ecken,
in denen kleine Kinder sich so gern verstecken?
Dunkle Ecken hier
und dunkle Ecken da.
Dunkle Ecken weit entfernt,
dunkle Ecken auch ganz nah.
Dunkle Ecken überall,
kaum zu hören deren Schall,
und zuweilen doch ein großer Knall.
Dunkle Ecken sind bekannt,
dunkle Ecken sind verbannt.
Dunkle Ecken bei Tag und Nacht.
Dunkle Ecken voller Macht,
dunkle Ecken voller Leichen,
dunkle Ecken voll mit Geld der Reichen.
dunkle Ecken zu umgehen,
hilft das Leben zu bestehen.
Wollen alle gern doch aufrecht gehen.
Was denn auch gelingt,
wenn das dunkle Eck nicht zu sehr stinkt,
und aus der Menschheit Schatten,
ein wahrhaft süßer Duft noch winkt,
und aus unsren Matten,
eine schöne Melodie erklingt.
Und das Leben ist auch lebenswert,
um nur zu sitzen, an einem warmen Herd.

Uns einzurichten in das Leben,
dem gilt unser ganzes Streben.
Gewiss, es ist nicht gerade leicht,
wenn des Schattens Botschaft uns erreicht.
Ja, das Leben wäre wirklich toll,
gäbe es da nicht diesen Zoll,
der für all das erhoben,
was wir in das dunkle Eck geschoben.
Weil aber, die dunkle Ecke doch eher ist rund,
kreist das, was wir in sie verbracht,
gleich der Linie einer Acht,
unendlich immer weiter, weiter und weiter,
durch unser Herz, unsren Kopf und unsre Kleider.
Womit die Natur uns nahelegt,
das alles was in uns sich regt,
als Reaktion zwischen Schatten und Licht
von uns ist selbst bewegt.
Allein oder auch zu zweit,
durch das eigne Leben rappen,
macht uns bereit,
die eignen Töne so zu checken,
dass wir hier und da,
fürwahr, fürwahr,
einen schönen Ton auch finden,
der uns zuweilen wird entbinden
von der Welten dunklen Ecken,
und allen seinen Schrecken.
Wem dies nicht gelingt,
wer immer weiter ringt
mit den dunklen Ecken unsrer Welt,
die so, niemals zu besiegen,
wird seiner Leidenschaft erliegen,
ständig darüber nachzusinnen,
wie er könnt gewinnen
dieses Ringen gegen der Köpfe feste Platten,
auf denen übertragen
der Menschheit Schatten.

Toleranz geht einher mit unserem Bewusstsein, dass wir jene Ranzen, welche von andere getragen werden, ihnen nicht wegnehmen können. Auch dann nicht, wenn wir diese nicht toll finden. Und einfach da rein greifen und sie umräumen, geht auch nicht. Es wäre aber intolerant uns selbst gegenüber, wenn wir so einem nachbarlichen Ranzen erlaubten, uns unseren Ranzen, ganz toll ranzig zu machen; sofern uns dies einen wirklichen Schaden brächte. Zwar darf meine Tolle Nachbarin, in meinem Bett neben mir, verlangen, dass ich ein Stück ihres tollen Ranzens mittrage, ich aber muss das nicht, wenn ich dadurch allzu sehr ins Straucheln käme und meinen Ranzen nicht mehr guten Gewissens tragen könnte; oder wenn es mir nicht gelingt, meinen Ranzen –mir zum Wohle- umzugestalten. Allerdings könnte es sein, dass sich im Ranzen meiner Nachbarin etwas so tolles befindet, was mitzutragen, meinen Ranzen noch viel Toller machte. Und freilich beinhaltet die Toleranz auch immer die Rücksicht! Denn, wer schon trägt seinen Ranzen auf der Brust. Das weist im Übrigen darauf hin, dass der Ranzen anderer leichter in den Blickpunkt gerät, als der eigene Ranzen. Wer schon, kann so frei auf den eigenen Ranzen schauen, wie er das bei der Besichtigung des Ranzens seines Nächsten tun kann. Und tun will, damit er sieht, wie ranzig oder toll der Ranzen des Anderen ist, und in welcher Ecke dieser verbracht werden muss.

Der Alte
Jo, Jo, spricht der Alte,
blättert die Zeit um,
schaut gelangweilt zur Seite
blättert weiter und weiter,
säufst, und sagt, **Jo, Jo!**
Und so vergehen die Stunden.
Der nächste Tag bricht an
und kaum hat er sich versehen
ist er schon müde.
Müde bin ich geh zur Ruh denkt der alte
und begräbt ihn den Tag.
Jo, Jo, spricht der Alte in die Nacht hinein.

Und die antwortet,
Jo, Jo, schlaf man weiter, und weiter und weiter.
Der Igel schnauft,
der Gaul, der räuspert sich.
Im Gebüsch, da ist der Teufel los.
Und wenn die Zeit zu Ende ist,
kriecht behäbig die Sonne nach oben
und der Alte blättert weiter
bis zum nächsten Tag.
Und weil niemand mit ihm sprechen mag
sagt er **Jo, Jo,** es ist Zeit zu ruhen.
Jo, Jo spricht der Alte,
blättert die Zeit um,
schaut gelangweilt zur Seite
blättert weiter und weiter
säufst, und sagt, **Jo, Jo**!
Und so vergehen die Tage
Alle voller Plage.
was geht's mich an, sagt der Tag
und räuspert sich.
Jo, Jo sagt der alte,
kannst nicht still sein
und wieder blättert er die Zeit die Zeit, die Zeit.
Der Wasserhahn, der tropft,
schon lange nicht hat irgendwer an die Tür geklopft.
Jo, Jo, sagt der Alte
und blättert die Zeit um.

Es war einmal ein Dummrijan,
der hatte weder Geld
noch einen Plan,
und schlief in einem Zelt.
Da schaffte ihm, so ein Komplott,
der Liebe Gott
ein paar Möpse ran,
und sprach

Gemach,
du bist dran.
Doch aus dem Zelt es tönt,
noch nie wart ich verwöhnt,
ich kann es gar nicht glauben,
diese Möpse werden mir die Sinne rauben.
Mir fehlt dafür der rechte Blick
und für den Umgang
mit solch einem Umfang,
das Geschick.
Ich bin klein.
mein Zelt ist rein,
soll niemand drin wohnen
als ich allein
mit meinen Bohnen.
Er fand noch viele Worte.
Auch von der üblen Sorte.
Kurz um, sein Frieden ist gestört
Weil Gott so unerhört.

Jo, Jo, sagt der Alte,
und **Jo, Jo**, sagt der Sohn.
Jo, Jo, sagt auch der Kleine.
Und das Schwesterlein tät es auch gern,
sagt es aber nicht.
Jo, Jo, sagen die Männer,
Jo, Jo, sagen alle Männer im Dorf.
Jo, Jo, sagte kürzlich gar der Finanzminister.
Der meinte aber **Nöö.**
Nöö sagt die Großmutter.
Nöö sagt die Mutter.
Nöö sagt die Kleine.
Und das Brüderlein tät es auch gern,
sagt es aber nicht.
Nöö, sagen Frauen.
Nöö, sagen alle Frauen im Dorf.
Nöö sagte kürzlich gar die Präsidentin.

156

Die meinte aber **Jo, Jo**.
Da soll sich jemand auskennen!
Gut, dass ich´s nur erdichtet habe
Denn „alle" sagen **Jonöö oder Nööjo**.
Oder???

Heiner strengt sich an.
Heinerle raus und rein gekommen ist.
Heinerle in Wiege gelegt.
Heinerle in Wiege raus und rein kommt.
Heinerle raus und rein kuckt.
Heinerle brav.
Heinerle gut machen will.
Heinerle strengt sich an.
Heinerle Lob bekommt.
Heinerle braucht Liebe.
Heinerle weiß nicht, was Liebe ist.
Heinerle weiß nicht wie Liebe geht.
Heinerle strengt sich an.
Heinerle glaubt, Liebe geht mit Richtigsein.
Heinerle weiß nicht, was er glaubt.
Heinerle strengt sich an.
Heinerle ist richtig.
Heinerle ist nicht gut genug richtig.
Heinerle strengt sich an.
Heinerle ist nicht gut genug richtig.
Heinerle strengt sich an.
Heinerle will Heiner werden.
Heinerle strengt sich an.
Wenn ich erst mal Heiner bin und alle Leute sehen mich, dann
bin ich Richtig, glaubt Heinerle.
Heinerle weiß nicht, was er glaubt.
Heinerle strengt sich an.
Heinerle hört Stimmen.
Heinerle, streng Dich an.
Heinerle strengt sich an.
Heinerle sei etwas Besonderes.

Heinerle strengt sich an.
Heinerle, Du darfst niemanden verletzen!
Heinerle strengt sich an.
Heinerle, geh in einer Psychotherapie!
Heinerle geht in eine Psychotherapie.
Heinerle höre auf, Dich selbst zu verletzen.
Heinerle strengt sich an.
Heinerle macht Autogenes Training.
Heinerle strengt sich an.
Heinerle, Du musst mal Deine unterdrückte Wut zulassen!
Heinerle strengt sich an.
Heinerle, Du musst Trauerarbeit leisten!
Heinerle strengt sich an.
Heinerle, sei mal richtig unflätig!
Heinerle strengt sich an.
Heinerle akzeptiere Dich, wie Du bist!
Heinerle will nicht ohne Liebe sein.
Heinerle weiß nicht, was Liebe ist.
Heinerle strengt sich an.
Heinerle, wenn Du Liebe willst, musst Du Liebe geben.
Heinerle strengt sich an.
Heinerle, wenn Du Liebe geben willst, musst du erst lernen,
Dich selbst zu lieben.
Heinerle strengt sich an.
Heinerle, hör einfach nicht mehr hin.
Heinerle strengt sich an.
Heinerle entspann Dich!
Heinerle strengt sich an.
Heinerle guter Patient.
Heinerle strengt sich an.
Heinerle sei sachlich.
Heinerle strengt sich an.
Heinerle lass Deine Gefühle zu.
Heinerle strengt sich an.
Heinerle, Du musst loslassen!
Heinerle strengt sich an.
Heinerle, Du musst Dich mit Deinen Eltern versöhnen!

Heinerle strengt sich an.
Heinerle, Du kannst jeder Zeit entscheiden, welchen Weg Du
gehst!
Heinerle strengt sich an.
Heinerle, habe Vertrauen in das Universum, es weiß genau,
was gut für Dich ist.
Heinerle strengt sich an.
Heinerle, bitte Gott um Hilfe!
Heinerle strengt sich an.
Heinerle, nimm Verbindung auf zu Deinen Engeln,
Heinerle strengt sich an.
Heinerle, Du brauchst Freude!
Heinerle strengt sich an.
Heinerle, hör auf mit der Selbstzerstörung.
Heinerle strengt sich an.
Heinerle bekommt Liebe.
Heinerle fühlt die Liebe nicht
Heinerle ist zu angestrengt.
Heinerle will nicht mehr!
Heinerle weiß nicht, dass er nicht mehr will.
Heinerle strengt sich an.
Heinerle wollte noch nie!
Heinerle weiß nicht, dass er noch nie wollte.
Heinerle strengt sich an.
Heinerle implodiert langsam, ganz langsam.
Heinerle bemerkt es.
Heinerle will es aufhalten.
Heinerle strengt sich an.
Gott sei ihm gnädig!
Gott strengt sich an!
Gott sei ihm gnädig!
Gott strengt sich an!

Ödipus

Komm, mein liebes Heinerle
tanz mit mir,
tanz mit mir,
tanz mit mir,
komm, mein liebes Heinerle
tanz mit mir,
tanz mit mir famos.

Komm, mein liebes Heinerle
tanz mit mir,
tanz mit mir,
tanz mit mir,
komm mein liebes Heinerle
tanz mit mir,
tanz mit mir famos.

Heinerle will nicht tanzen
Papa tanzt schon mit Mama
Papa tanzt

Komm, mein liebes Heinerle
tanz mit mir,
tanz mit mir,
tanz mit mir,
komm, mein lieber Heinerle
tanz mit mir, tanz mit mir famos.

Heiner will nicht tanzen,
Papa tanzt
Papa tanzt
Heiner will nicht tanzen,
Papa tanzt
Papa tanzt

160

Komm mein liebes Heinerle
tanz mit mir,
tanz mit mir,
tanz mit mir,
komm mein lieber Heiner
tanz mit mir,
tanz mit mir famos.

Mamas Schoß ist famos
Heiner will nicht tanzen,
Papa ist in Schoß,
Heiner will nicht tanzen,
Papa ist in Schoß,
Papa ist in Schoß.

Heiner draußen bleibt.
Heiner draußen bleibt.

Komm, mein lieber Heiner
tanz mit mir,
tanz mit mir,
tanz mit mir,
komm, mein lieber Heiner
tanz mit mir,
tanz mit mir
tanz mit mir famos.

Komm, mein lieber Heiner
tanz mit mir,
tanz mit mir,
tanz mit mir,
komm, mein lieber Heiner
tanz mit mir,
tanz mit mir famos.

Heinerle tanzt.
Heinerle wie Papa tanzt.
Heinerle wie Papa tanzt.
Mamas Schoß ist famos.
Papa ist in Schoß.
Mamas Schoß ist famos.
Papa ist in Schoß.
Heinerle draußen bleibt.

Komm, mein lieber Heiner
tanz mit mir,
tanz mit mir,
tanz mit mir,
komm, mein lieber Heiner
tanz mit mir,
tanz mit mir famos.

Heiner mit Maria tanzt.
Heiner mit Maria tanzt.
Heiner wie Papa tanzt.
Mamas Schoß ist famos.
Mamas Schoß ist famos.
Heiner mit Magdalena tanzt.
Heiner wie Papa tanzt,
Mamas Schoß ist famos.
Papa ist in Schoß
Heinerle draußen bleibt.
Heiner mit Chantal tanzt.
Heiner mit Emanuela tanzt.
Heinerle mit Moni tanzt.
Heinerle wie Papa tanzt,
Marias Schoß ist famos.
Heinerle draußen bleibt.
Heinerle draußen bleibt.

Erste Male, lange schon vergessen
Formen mit an den Interessen
Erste Male, lange schon versickert
So manches ja und nein an triggert.
Erste Male die immer noch präsent
Bestimmen mit, den Lebenstrend
Erste Male uns unsere Wege weisen
Bei der Suche nach den rechten Gleisen.

Erste Male kommen dann und wann
beim zweiten, dritten oder zehnten Mal erst an.
Wohl den Menschen, wenn sie entdecken
erste Male können im Gewohnten doch auch stecken.

Erste Male kommen ach so nah
Wenn sie sollen die Leere füllen
Weil so lange nichts geschah
Was die Seel in Licht könnt hüllen.

Letzte Male nehmen zu
Bringen oder nehmen Ruh
Je nach Vermögen
sich dennoch Selbst zu genügen.

.

Er ist ein Mann
Was er gut kann
Weil er durch sein Beruf
Immer neu den Mann in sich erschuf.

Sie ist eine Ärztin
Was niemals ihr genommen
Dass sie als Mädel auf diese Welt gekommen.

Die Zwei
Die haben sich gefunden
Und in einer Ehe fest verbunden.

Und während sie in ihrem Frausein doch recht Frei
er doch täglich darum ringt
dass er als Mann in die Welt sich bringt.

Was nun bringen die Zwei hervor
Um zu öffnen dieses Tor
Hinter dem vereint
Was mit männlich und weiblich ist gemeint.

Um auszugleichen, sein fehlendes Vermögen
Beginnt er hier und da zu Blödeln
Und wenn dann wer auch einmal lacht
Ist es lang noch nicht vollbracht.

Drum blödelt er in einem fort
An diesen und auch jenem Ort
Bis er gar wohlbekannt
wird nur noch Blödel Mann genannt.

Darum er nicht allein nur blödelt
Sondern ständig vor sich hin noch trödelt
Bis sein Blödeln fast versickt
Weshalb er mehr denn je
In seine Leere blickt
Bis ach nee
Der Ernst ihn hat gepackt
und seines Herzens Türchen hat geknackt.

Sein Vermögen wächst immerzu nun an
Bis er wieder blödeln kann.

Aussichtslos

Um zu bekommen
Was unentwegt
er so gerne hätte
ist er ganz bewegt,
und auch ganz benommen
hantierend an einer unsichtbaren Kette
die jenem Zauber gleicht
der auch noch tief in seinen Schlaf reinreicht
und immerzu zerbricht
auch jenes kleine Licht
das in seinem Wunsch noch brennte
wäre er nicht so nah schon dran
an seines Wunsches Ende.
Oder gar dem Sterbebann?

Wer kann, wer will, so einen Mensch verstehen
Sehen doch alle ihn nur aufrecht gehen.
Und wenn ihn einer mal befragt
Und er dann gar seine Wahrheit sagt,
wird fast immer nur befunden,
Sein Zustand sei an dieser Jahreszeit gebunden
Und zuweilen sagen seine Retter
Es läge nur am Wetter.

An jeden beliebigen Tag ergreift etwas unsere Herzen.
Haruki Murakami,

Was ist es, was könnte es sein, was an jeden beliebigen Tag
mein Herz ergreifen könnte? Und was hat Herrn Haruki Murakami derart ergriffen, dass er seine Erfahrung auf andere über-
trägt? Beziehungsweise, was hat er dabei nicht begriffen? Fast
täglich bin ich -ob der Flut der Geschehnisse auf unseren kleinen
Planeten- bis in meinen Träumen hinein damit beschäftigt, jene
Ergriffenheit abzuwehren, welche mein Leben für mich kaum
mehr ergreifbar machte, ließe ich sie zu. Zumal das Zulassen der

Ergriffenheit meines Herzens umso schwieriger ist, je weniger Mittel mir zur Verfügung stehen, diese Ergriffenheit zum Ausdruck zu bringen oder sie in Tatkraft zu wandeln. Zuweilen bleibt mir nur das Schreiben. Zuweilen der Schlaf, oder zuzuschauen, auf der Weide dem Schaf.

Wäre mein Leben ein Buch
Hätte es den Titel:
Gehe ich zu Aldi
Oder lieber doch zu Lidl.
Morgen stünde auf der Titelseite:
Die ewige Angst vor der Pleite.
Und im Jahr darauf:
Wie geht es weiter und wann hört das auf.
Und jedes Buch hätte sieben Kapitel.

Kapitel eins: Die Angst vor Wertlosigkeit.
Kapitel zwei: Die Angst, nicht zu genügen.
Kapitel drei: Die Angst vor meiner Lebendigkeit.
Kapitel vier: Die Angst, etwas zu versäumen.
Kapitel fünf: Die Angst vor Unberechenbarkeiten
Kapitel sechs: Die Angst vor Mangel
Kapitel sieben: Die Angst vor Verletzung

Ich sehe was, was Du nicht siehst
Ein schönes Spiel, solange es um klare Farben –gleich denen einer Farbkarte- geht. Was aber, wenn das Gesehene an der Wahrnehmung oder gar der Wahrheit eines Menschen gebunden ist? Dann wird diese Spiel ganz schnell zu einem Spiel jener Kräfte, die oft kaum bewusst und nur sehr schwer beherrschbar sind. Dann beginnt das Ego den Tanz mit den Vorgaben des Lebens; zuvorderst mit den in ihm -wie auch immer verwachsenen- Vorstellungen und Glaubenssätzen der Gemeinschaft. Am Ende steht, liegt oder hüpft tausendmal mehr als uns lieb ist, Unverständnis, Ratlosigkeit oder gar ein unheilvoller Kampf bis

hin zur Waffengewalt. Dann sehen viel, was viele dann eben sehen. Wenngleich das gesehene für den einen ein ordnendes Blau hat, und für den anderen das Geschehen mit einem zerstörenden Rot versehen ist. Und kaum einer sieht, was gesehen werden müsste, um diese unheilvollen Spiel beenden zu können.

Das Ende der Angst
Der Chefarzt einer Psychiatrie sieht, wie ein Patient an einem Fahnenmast hochklettert und ganz oben, an dessen Ende einen Zettel befestigt. Und weil dieser Arzt wissen will, was das für ein Zettel ist, quält er sich des Nachts –und in Angst, dabei gesehen zu werden- fürchterlich ab, um endlich an diesen Zettel zu gelangen, auf dem geschrieben steht: Ende des Fahnenmastes. Nunmehr fragt er sich, wann er welchem Patienten einen Zettel anheften könnte, auf den geschrieben steht:
Ende der Gier
Ende der Selbstsabotage
Ende des Hochmutes
Ende der Unterwürfigkeit
Ende der Ungeduld
Ende des Starrsinnes
Ende der Selbsthingabe
Denn damit wären auch ihre Ängste beendet. Und er überlegt, welche Angst der Hintergrund war, für seine Angst, beim Klettern gesehen zu werden. Ob er sich dabei in Spekulationen verheddert ?

Ein Bett ein Haus und viele Schriften
Die Betten sind meist leer
Und viele Häuser auch am Meer
Und die Schriften sind millionenfach gelesen.
Nur wenige werden daran genesen
Wenn nur der da oben, soll bewahren und beschützen
Das hilft nicht, und wird auch nicht so viel uns nützen
Drum kehr ich lieber ein ins eigene Haus

Und bringe heraus
Was da so verborgen
Und dies besser heut denn morgen
Doch auch morgen ist noch ein Tag
An dem ich es wag
Nachzuschauen, was ist drin
In meinem Gehirn
Meinem Bauch und meinem Herzen
Bis mir beliebt, mal wieder zu scherzen

Geister die ich rief
Lassen mich nicht los
Obgleich ich lieg mit ihnen schief
Und so vieles geht ganz schnell mal die Hos

Mich dann aufzurichten
Bringt hervor
weitere Geschichten
Und so manches Eigentor

Zuweilen kann ich nicht mal unterscheiden
Welche Geister mich da bekleiden.
Gehören sie zu mir
Oder entstammen dem Papier
das immerzu mir angetragen
hinterlassend tausend Fragen.

Manchmal möcht ich sie vereinen
Was kaum möglich
Ohne zu verneinen
Was da ist so tröglich.

Den Schalter umlegen!

Umlegen? Umlegen? Umlegen? Wieviel Menschen werden um-gelegt? Direkt mit einer Waffe oder indirekt durch Verhungern? Wobei der Hunger des Einen zum Hunger des Anderen werden kann. Oder der Hunger des einen oder anderen in ein Sein mit einer Waffe in der Hand bringen kann. Die Tragik ist, dass im Hunger der Seele –sofern er nicht erkannt und erfolgreich gestillt ist- sich der Hunger nach Macht aufbaut. Und da gibt es keinen sichtbaren Schalter. Welche Schalter nun müssten umgelegt werden, damit uns jenes Licht entgegen kommt, welches uns, also der Menschheit, die rechten Schalter finden lässt? Schalter die umgelegt, die Verwirklichung all unserer lauthals verkünde-ten Ideale bewirken? Welche Schalter müsste ich umlegen, um meinen Verlangen heilsam begegnen zu können?

Inhaltsverzeichnis

Tierich-menschliches

Geschichten aus Liebedorf

Gestreiftes und Kariertes